阅读之前 没有真相

午夜文库 ————————

约翰·迪克森·卡尔

基甸·菲尔博士系列

　　和阿加莎·克里斯蒂、埃勒里·奎因并称"推理黄金时代三大家"，独以密室题材构思见长，一生设计出五十余种不同类型的密室，被誉为"密室之王"。

　　卡尔一九〇六年十一月三十日出生于美国宾夕法尼亚州，青少年时期就着迷于不可能犯罪，对他影响最大的是G.K.切斯特顿和杰克·福翠尔。在巴黎索邦神学院（巴黎大学前身）留学期间，卡尔出版了以法国警探亨利·贝克林为主角的长篇处女作《夜行》。

　　一九三三年，卡尔出版基甸·菲尔博士系列首部作品《女巫角》。第二年他以笔名卡特·迪克森发表《瘟疫庄谋杀案》，亨利·梅里维尔爵士登场。这两个系列成为卡尔最具代表性的作品。三十年代是卡尔创作生涯最多产的时期，其中《三口棺材》《扭曲的铰链》（旧译《歪曲的枢纽》）和《犹大之窗》被后世评论家归入"卡尔的经典代表作"。特别是一九三五年出版的《三口棺材》以经典的"密室讲义"和"双重密室"成为推理史上不可能犯罪小说的巅峰之作，至今仍难以超越。

　　卡尔笔下的密室第一神探基甸·菲尔博士，是一个胖胖的字典编纂者，走路要挂两根拐杖，喜欢穿斗篷，抽着海泡石烟斗，个性相当和蔼可亲。他有着敏锐的观察力，善于分析罪犯的心理，出场代表除《三口棺材》《扭曲的铰链》外，还有《阿拉伯之夜谋杀》《绿胶囊之谜》《耳语之人》等。亨利·梅里维尔爵士比菲尔还要古怪——大大的秃脑袋、奇怪的表达方式，加上不修边幅的外表。他的职业是律师兼医生，登场作品有《独角兽谋杀案》《犹大之窗》《女郎她死了》等。卡尔的作品风格以不可能犯罪作为核心骨架，情节布局复杂，谋杀手法奇特，充满戏剧性和哥特式氛围。二十世纪五十年代后，卡尔的健康状况始终不好，影响其创造力的发挥，作品水准有所下降。

　　一九五〇年和一九七〇年，卡尔先后两次获得美国推理作家协会（简称MWA）的埃德加·爱伦·坡特别奖。一九六三年，MWA一致同意向卡尔颁发"终身大师奖"，这是推理界的最高荣誉。

　　一九七七年二月二十七日，卡尔因病去世。当今，仍有不少推理小说作家在创作密室题材作品时会表达对卡尔的敬意。因为，只有约翰·迪克森·卡尔才配得上真正的"密室之王"。

约翰·迪克森·卡尔重要作品年表

非系列

耳语之人

He Who Whispers

[美]约翰·迪克森·卡尔 著

由美 译

新 星 出 版 社　NEW STAR PRESS

第一章

本期谋杀俱乐部晚宴——我们五年多来的首次聚会——将于六月一日星期五晚八点半在贝尔特林餐厅举行。演讲者是利高教授。目前仅有会员出席，不过，亲爱的哈蒙德，不知你能否赏光莅临？

这是时局好转的征兆，他想。

雨丝飘落，与其说是雨，更像是黏腻的雾气。迈尔斯·哈蒙德从沙夫茨伯里大街转弯，进入迪恩街。尽管难以根据昏暗的天色判断时间，但肯定快九点半了。他受邀参加谋杀俱乐部晚宴，却在将近一个小时后才出席，这已不是失礼，简直是可憎。就算有再充分的理由，这种厚脸皮行径都让人无法原谅。

迈尔斯·哈蒙德走到第一个转角，也就是与苏活区边缘平行的罗米利街，停下脚步。

口袋里的那封信是时局好转的征兆。如今已是一九四五年，和平局面又不情不愿地悄然重返欧洲。他还不太习惯。

迈尔斯环顾四周。

他正站在罗米利街的转角，左侧是圣安妮教堂的东墙。这堵灰墙完好地立在那里，上面有一扇圆拱形大窗。不过，窗户上没有玻璃，从窗口向内望去，里面仅剩一座灰白色的塔楼。之前，烈性炸药摧毁了迪恩街，路面上一片混乱，假型板房屋的碎片、一串串大蒜，连同碎玻璃、灰泥粉末散落得到处都是。现在，他们建了一座整洁的静态贮水池——四周围着带刺的铁丝网，以防儿童不慎落入溺水。然而在低喃的雨丝中，伤痕犹存。圣安妮教堂东墙洞开的窗户下有一块铭牌，纪念那些在战争中牺牲的人。

感觉好不真实！

不，迈尔斯·哈蒙德暗忖，这种感觉并不是病态的，不是异想天开，甚至也不是战争的后遗症。迄今为止，他好坏参半的人生确实显得不太"真实"。

很久以前，你参军入伍，因为你觉得坚实的墙壁正在崩塌，必须有人站出来做些什么。你并未英勇负伤，却因吸入太多柴油而中毒——在坦克部队，这和德国鬼子朝你扔来的东西一样致命。十八个月里，你都躺在医院的病床上，躺在白色的粗糙床单之间。时间流逝得如此之慢，慢到光阴本身变得毫无意义。百无聊赖之时，已是来年春季，他们来信告知查尔斯叔父的死讯：他在德文郡的一座不受战火侵扰的旅馆中过世，走得十分安详；你和妹妹继承了全部遗产。

你不是一直嚷着缺钱吗？这下子，钱来了。

你不是一直都喜欢那栋位于新森林地区的住宅吗？连带查尔斯叔父的私人图书馆？去吧！

比钞票和房子更重要的，你不是还渴望自由，想远离拥堵的窒息感，摆脱与他人挤一辆巴士的绝对的人际压力吗？那种挣脱束缚，再次拥有活动空间，能够顺畅呼吸的自由？那种能够阅读与畅想，无须对任何人负责的自由？这一切都将成为现实，只要战争结束。

后来，仿佛苟延残喘的纳粹地方长官终于吞下毒药一般，战争结束了。你出院了，口袋里揣着退伍文件，颤巍巍地回到伦敦。物资依旧匮乏。到处排起长龙，巴士行程混乱，酒吧里无酒可饮。路灯刚一亮起，马上就熄灭——为了节省燃料。但是，这座城市终于自由了，不再有令人无法忍受的威胁。

出于各种原因，报纸上洋溢着欢天喜地的气氛，但实际上人们并没有疯狂地庆祝战争胜利。新闻影像中呈现的只是这座巨大城市表面的一个梦幻气泡。迈尔斯·哈蒙德暗忖，包括自己在内的大多数民众都有些冷漠，因为他们还不敢相信这是真的。

然而，人们内心深处的某些东西已经苏醒。报纸上再度出现板球比赛的战绩，搭在地铁站里的床铺逐渐消失，甚至像谋杀俱乐部这种和平时期才有的团体也……

"这样可不行！"迈尔斯·哈蒙德叹道。他拉低湿答答的帽檐遮住眼睛，右转走上罗米利街，朝贝尔特林餐厅走去。

贝尔特林餐厅在他左手边，从前漆成白色的四层楼房在夜色中仍微微发白。远处一辆夜间巴士隆隆驶过剑桥圆环，整条路都跟着震颤起来。一扇扇透着灯光的窗户仿佛在聚集力量对抗雨雾，此处，雨丝溅落的声音似乎更响亮了。到了，和从前一样，贝尔特林餐厅的入口处总是站着一名穿制服的门卫。

但是，假如你参加的是谋杀俱乐部的晚宴，你是不会走前门的。你会绕过转角，从希腊街上的侧门进去。穿过一扇低矮的门，踏上一段铺着厚地毯的楼梯——根据民间传说，这是王室成员出入餐厅的私密通道——你就来到了楼上一侧都是包厢的走廊。

楼梯爬到一半，迈尔斯·哈蒙德隐约听见混杂了许多人声的低沉私语，这家丰富而低调的餐厅似乎以此为背景音乐。他瞬间感到一阵惶恐。

今晚他是基甸·菲尔博士的客人。但即便是贵宾，也终归是外人。

在传说中，谋杀俱乐部的名气堪比王室后代的奇闻逸事，比如他正踩在脚下的私人专用楼梯便是其中一例。谋杀俱乐部的会员控制在十三人：九男四女。每位会员都是知名人物，有些人虽然不惹眼，但在法律、文学、科学、艺术圈子里极有名望。科曼法官是成员之一，此外还有毒理学家班弗德博士、小说家梅里度和女演员爱伦·奈女爵等。

战前，他们的惯例是每年聚会四次。贝尔特林餐厅的领班侍者弗雷德里克总是会为他们安排两个私人包间。外间充当临时吧台，内间则是用餐室。每逢这一场合，弗雷德里克都会在内间的墙上挂一幅绘有骷髅头骨的版画。这些男男女女便如孩童般煞有介事地坐在此处，讨论一桩桩已被奉为经典的谋杀案，直至深夜。而现在他也要加入其中了，迈尔斯·哈蒙德……

稳住！

他是个外人，几乎是个冒牌货。湿透的帽子和雨衣在滴水，滴在这家昔日他几乎光顾不起的餐厅的楼梯上。

迟到许久，他觉得自己的每根骨头都狼狈至极。待会儿走进包间时，他必须鼓起勇气面对大家扬起的面孔和质问的表情……

稳住，见鬼！

他不由得想起从前，在战争爆发前那段遥远模糊的日子里，曾有位叫作迈尔斯·哈蒙德的学者是历代学者祖先长名单上的最后一位。排在前面的是他的叔父查尔斯·哈蒙德爵士，不久前刚过世。迈尔斯·哈蒙德曾在一九三八年获得诺贝尔史学奖[①]。更

---

①诺贝尔奖不设史学奖，此处系作者虚构。

不可思议的是，这人正是他自己。他不该被这种不安的感觉吞噬，他绝对有资格出席！但这个世界在一刻不停地变化，不断转换形态，人们很容易遗忘从前。

迈尔斯怀着这般愤世嫉俗的心情走上楼梯顶端。在二楼的走廊里，昏暗的光线从毛玻璃后面透出来，照在打磨过的红木门板上。这里空荡荡的，十分安静，只有喃喃的谈话声从远处飘来。战争爆发前的贝尔特林餐厅或许就是这个样子。一扇门上挂着发亮的标牌："男士衣帽间。"他把自己的帽子和大衣挂在了里面。他看到走廊对面另有一扇红木门，标牌上写着："谋杀俱乐部。"

迈尔斯打开门，在门口停下脚步。

"谁——"一个女人的声音突然冲他喊来。上扬的语调中带着警惕的意味，但立刻恢复温和随意的语气。"抱歉，"那个声音迟疑地问，"你是哪位？"

"我在找谋杀俱乐部。"迈尔斯说。

"对，是这里。只是……"

这里有什么地方不对劲。非常不对劲。

身穿一袭白色晚礼服的女孩正站在外间中央，礼服在深色厚地毯的映衬下显得格外显眼。室内光线昏暗，暗影重重。正对罗米利街的两扇窗户前拉上了厚重的金色暗纹窗帘。一张铺着白桌布的长桌被推至窗前用作吧台，桌上摆着一瓶雪利酒、一瓶杜松子酒和一些比特酒，旁边是一打擦得晶亮、尚未用过的玻璃杯。除了这个女孩，房间里别无他人。

迈尔斯右手边的墙壁上有一扇半掩的双开门，通向内间。他能看到那张晚宴用的大圆桌，周围规矩地摆放着椅子，闪亮的银器同样摆放得一丝不苟。装饰餐桌的深红色玫瑰摆成了图形，与白色桌布上的绿色蕨类植物形成了强烈对比。四根长蜡烛尚未点燃。桌子后面的壁炉架上方诡异地挂着那幅装裱起来的骷髅头骨版画，它标志着谋杀俱乐部的活动正在举行。

但是，谋杀俱乐部的活动并未举行。内间也空无一人。

接着，迈尔斯意识到那个女孩正朝自己走来。

"真是非常抱歉。"她说道，声音低柔，带着一丝犹豫，竟是无限地令人愉悦。听腻了护士们职业化的问候，这副嗓音温暖了他的心。"刚才对你大呼小叫，实在是太失礼了。"

"不失礼！一点儿也不！"

"我——我想我们应该做一下自我介绍，"她抬起眼睛，"我叫芭芭拉·莫雷尔。"

芭芭拉·莫雷尔？芭芭拉·莫雷尔？这又是哪位名媛？

她很年轻，有双灰色的眼睛。在这个因战争失去血色的世界里，谁能不注意到她超凡的活力与勃勃生机呢？活力显示在她灰色眼眸的闪光中，在她转头启朱唇的动作里，在她面庞、颈项和白色礼服之上，肩头的淡粉色肌肤里。有多久了，他思索，有多久没见过穿晚礼服的女孩了？

而她面前的这个人——他看起来一定如稻草人般枯槁！

在那两扇窗帘紧闭的窗户之间是一面长镜。迈尔斯看到镜中昏暗地映出芭芭拉晚礼服的后背，吧台遮住了她腰部以下的身体，灰金色的柔顺长发挽成一个整洁的发髻。她肩后是迈尔斯映在镜中的脸——憔悴、扭曲、滑稽可笑，高耸的颧骨上方是一双窄长的红棕色眼睛，发间的一丝灰色让三十五岁的他看起来像四十多岁，就像是变得知性的查理二世，但同样不讨人喜欢。

"我是迈尔斯·哈蒙德。"他说道，急切地四处张望，想找个人来表达歉意。

"哈蒙德？"她微微一顿，灰色的眸子大张，牢牢地盯着他，

"那么，你不是俱乐部的会员？"

"对，是基甸·菲尔博士邀请我来的。"

"博士？我同样是受他邀请来的，我也不是会员。不过现在出问题了。"芭芭拉·莫雷尔小姐摊开双手，"今晚一个会员都没出现。整个俱乐部就这么……消失了。"

"消失了？"

"没错。"

迈尔斯环顾屋内。

"这里一个人都没有，"女孩解释道，"除了你、我和利高教授。领班弗雷德里克都快急死了，利高教授也是……哎！"她突然发问，"你在笑什么？"

迈尔斯并不想笑。他心中暗忖，无论如何，你很难把这种表情称为"笑"。

"对不起，"他赶紧说，"我只是在想——"

"想什么？"

"我在想，这个俱乐部的聚会活动已经举办多年，每次都有一位不同的演讲者来介绍某起知名案件的内幕。他们讨论犯罪，陶醉于犯罪，甚至在墙上挂一幅骷髅头骨的画当作他们的标志。"

"所以？"

他凝视着她头发的线条。灰金色的发丝颜色如此之淡，看起来几乎是白色的。头发从正中间向两侧分开，在他看来发型似乎有些过时。他的视线迎向那双扬起的灰色眼眸，看到她深色的睫毛和漆黑的虹膜。芭芭拉·莫雷尔双手紧紧合十。她急切地把全部注意力交付给你，急切地聆听你说出的每一个单词，令这个处在恢复期的男人伤痕累累的神经十分受用。

他对她咧嘴一笑。

"我只是在想，"他回答，"要是今天晚上，俱乐部每位成员都从各自家中离奇失踪，这将成为一个轰动一时的新闻。或是伴随着嘀嗒作响的钟声，他们一个个地被发现静坐于家中，背后插着一把刀。"

他本想开玩笑，没想到适得其反。芭芭拉·莫雷尔脸色微变。"多么可怕的想法！"

"是吗？对不起。我只是想……"

"冒昧问一句，你写侦探小说吗？"

"没有，不过我倒是读了不少。那是——哦，好吧！"

"今晚这种情况可不是闹着玩的，"她向他强调，语气中带着小女孩般的纯真，满脸红晕，"利高教授大老远赶来介绍这桩废塔谋杀案，而他们却以这种方式待客！为什么？"

难道真的出了什么事吗？真是令人难以置信、古怪至极。不过这整个夜晚都显得不太真实，似乎可能发生任何事。迈尔斯定了定心神。

"难道我们不能做些什么，搞清楚出了什么问题吗？"他说道，"我们不能打个电话吗？"

"他们已经打过电话了！"

"打给谁了？"

"博士，他是俱乐部的名誉秘书。但是没有任何回应。现在利高教授正试着联系主席，也就是科曼法官……"

不过教授显然没能联系上谋杀俱乐部的主席。通往走廊的门悄然打开，利高教授走了进来。

乔治·安托万·利高，爱丁堡大学法国文学教授，步态如野猫般迅捷。他身形矮壮，神色匆匆，略有些不修边幅，这点从他的领结、闪亮的黑色套装和方头皮鞋中都能看出来。他耳朵上方的头发乌黑，与光秃秃的头顶、微微发紫的面色形成了鲜明对比。总的来说，利高教授是那种上一秒还端着高傲的姿态，下一秒就突然爽朗大笑、露出一颗闪亮金牙的人。

不过此刻他一点儿都爽朗不起来。那薄薄的眼镜片，甚至那抹黑色小胡子，似乎都在因强烈的愤怒而颤抖。他的声音粗犷沙哑，说英语时几乎没有口音。他举起一只手，掌心向外。

"请别跟我说话。"他说道。

在靠墙的粉色织锦椅子上放着一顶黑色软檐帽和一根弧形手柄的粗手杖。利高教授匆匆走过去，俯身抓起自己的东西。

他的举止就像是刚经历了一出沉重的悲剧。

"许多年来，"他尚未挺直身体便说道，"他们一直邀请我来这个俱乐部。我对他们说：不，不，不！——因为我讨厌记者。

"可他们说：'这里不会有记者引述你的话。'

"'你们敢保证？'我问。

"'保证！'他们回答。

"现在我大老远从爱丁堡赶来。而且火车上连个卧铺都订不到，因为我没有'优先权'。"他直起身子，在空中摇晃粗壮的胳膊，"'优先权'这个词散发的恶臭能把老实人活活熏死！"

"听听，听听！"迈尔斯·哈蒙德热切地回应。

利高教授从愤懑的幻梦中回过神来，用一双锐利闪亮的小眼睛从薄薄的眼镜片后面盯着迈尔斯。

"你同意吗，朋友？"

"同意！"

"谢谢。你是——？"

"哦，"迈尔斯抢先回答道，"我不是俱乐部的失踪会员。我也是受邀的宾客之一。我叫哈蒙德。"

"哈蒙德？"对方重复道，好奇和疑虑从眼中一闪而过，"你不是查尔斯·哈蒙德爵士？"

"不是。查尔斯·哈蒙德爵士是我叔父。他——"

"哎，当然了！"利高教授打了个响指，"查尔斯·哈蒙德爵士已经过世了。对，对，对！我在报上看到新闻了。你有个妹妹。你们兄妹俩共同继承了那座图书馆。"

迈尔斯发现芭芭拉·莫雷尔完全摸不着头脑。

"我叔父，"他对她解释道，"是位历史学家。他在新森林地区的一栋小房子里住了好多年。他收藏了数千本书，堆得乱七八糟。其实，我来伦敦主要是想看看能否雇一位专业的图书管理员来整理这些书。正巧博士邀请我出席谋杀俱乐部的聚会……"

"图书馆！"利高教授惊叹，"图书馆！"

一股强烈的兴奋似乎在他体内点燃，像蒸汽一样膨胀，充盈了他的胸膛，令他的肤色又多了三分紫气。

"那位哈蒙德，"他热情地称赞，"可是个了不起的人物！他充满了求知欲！他机敏非凡！他——"利高教授转动手腕，反复拧钥匙一般——"他窥探事物的真相！若要整理他的图书馆，我有很多建议。我建议你……想不起来了，我被他们气得头晕，"他戴上帽子，"告辞了。"

"利高教授！"女孩柔声呼唤。

向来善于察言观色的迈尔斯·哈蒙德感到一丝惊讶。出于某个原因，这两位同伴的态度有了微妙的变化，至少在他看来是如此。这种变化是从他提及叔父在新森林地区的房子开始的。他分析不出其中的关联——也许这一切只是他想象出来的。

但是，芭芭拉·莫雷尔突然攥紧双拳喊出声来，语气里的急切确定无疑。

"利高教授！求求你！难道我们三个不能——不能办一次谋杀俱乐部的聚会吗？"

"小姐，你说什么？"

"他们对待你实在太无礼了。这一点我很清楚。"她连忙说下去，唇边挂着一丝笑意，眼中却满是恳求的神色，"但我对今晚的聚会真的万分期待！"她向迈尔斯恳求道，"教授准备介绍的这桩案子十分特别，轰动一时。事情是战前不久在法国发生的。了解整个案情来龙去脉的人已经所剩无几，而利高教授正是其中之一。案子是关于……"

利高教授接口道："关于某个女人对人类生死的影响。"

"哈蒙德先生和我保证当两个乖乖的听众。而且我们也不会向媒体透露一个字！再说，咱们总得吃晚餐吧，我怀疑如果咱们现在离开这里，恐怕就找不到吃东西的地方了。好不好，利高教授？好不好？好不好？"

领班侍者弗雷德里克沮丧、气恼又遗憾，悄悄从半掩的门溜到走廊里，对在外面徘徊的服务生打了个手势。

"晚餐已经准备好了。"他宣布。

第二章

冷淡的晚餐之后是咖啡时间。对于乔治·安托万·利高教授讲述的那个故事，哈蒙德起先不以为意，觉得不过是一场幻梦、一个童话、一出精心设计的恶作剧。部分原因在于利高教授的表达方式：他带着拿腔作调的法国式庄严，小眼神一会儿望向此人，一会儿又投向另一人，然而他说的每句话背后似乎都有讥讽调笑之意。

当然，迈尔斯事后才意识到，利高的话句句属实。可那时已然……

小餐室里沉闷寂静，桌上点着的四根长蜡烛是屋里唯一的光源。他们拉开窗帘，打开窗户，想在闷热的夜晚吹到一丝凉风。窗外的雨珠仍在飞溅，夜色幽幽发紫，街对面是一家外墙漆成红色的餐厅，有一两扇窗户亮着灯。

这个背景刚好适合他们即将听到的故事。

"犯罪与神秘学，"利高教授挥动着刀叉开腔了，"有品位的人只应当有这两项爱好！"他冷冷地看着芭芭拉·莫雷尔，"小姐，你喜欢收藏吗？"

一阵潮湿的微风打着旋儿从敞开的窗户吹进来，烛火摇曳，阴影在女孩脸庞上跳动。

"收藏？"她问道。

"收藏犯罪纪念品？"

"天哪，当然不！"

"爱丁堡有个人，"利高教授沉吟道，"他有一件人皮拭笔具[1]，是用盗尸者伯克[2]的皮制成的。我吓着你了吗？上帝作证，此非虚言。"他突然咯咯笑起来，露出那颗金牙，然后再次变得十分严肃，"我还可以告诉你，有这么一位女士，一位同你一样美丽动人的女士，她潜入切姆斯福德监狱，盗走了牟特农庄凶杀案犯杜格尔[3]的墓碑，摆放在自家庭院里。"

"请问，"迈尔斯说，"是所有研究犯罪学的人……都会这么做吗？"

利高教授思考片刻。"并不是，但大家都喜欢这么吹牛，"他承认，"话说回来，即便是吹牛也一样有趣。至于我自己嘛，我马上就展示给二位看。"

他不再说话，直到侍者把桌子收拾干净，倒好咖啡。

然后，他专心地点燃一支雪茄，把椅子往前一拉，粗壮的胳膊肘撑在桌上。他腿上那根由抛光黄木制成的手杖，正在烛光下熠熠生辉。

"巴黎以南六十多公里，有座叫沙特尔的小城。有一户英国家庭从一九三九年起就住在城郊。或许二位也对沙特尔有所了解？

①拭笔具是十九世纪的一种常用文具，用来擦拭笔尖，以防墨水堵塞笔管。

②威廉·伯克（William Burke, 1792—1829）是一八二八年爱丁堡连环杀人取尸案的两名主犯之一。

③塞缪尔·赫伯特·杜格尔（Samuel Herbert Dougal, 1847—1903），英国臭名昭著的杀人犯、性罪犯，一八九九年在牟特农庄杀害了与自己以夫妇名义同居的卡米尔·霍兰德，一九〇三年被判处绞刑。

"有人觉得这个地方还停留在中世纪，到处是黑色岩石和旧日幻梦。从某种意义上来说，的确如此。从远处望去，城市坐落在山丘上，四周环绕着金黄的麦田，大教堂高低错落的塔楼巍然矗立。从两座圆塔之间的吉尔姆城门进入，鸡鹅等家禽在汽车前乱飞，沿着陡峭的卵石街道上行，就到了帝王酒店。

"山脚下有厄尔河流经，河沿旁是一道古老的防御墙，杨柳的枝条垂入水中。凉爽的傍晚，人们在城墙上散步，附近是一片桃林。

"在赶集的日子——哎呀！牲畜的嘶鸣仿佛恶魔吹响了号角。集上的摊位排成行，小贩售卖各种奇怪的东西，吆喝起来与牲畜的嘶鸣声一样响亮。那里的人——"利高教授微微停顿，"——很迷信，迷信已是这片土地的一部分，就像石头上的青苔一样难以清除。你吃着法国最好的面包，喝着最好的葡萄酒。你对自己说：'啊！这是个可以安顿下来专心写作的好地方。'

"不过这里也是有工业的：面粉厂、铸铁厂、彩绘玻璃厂、皮革厂，还有另一些我不太清楚的产业——我对那些东西不感兴趣。我之所以提起这些，是因为规模最大的那家皮革厂是由一个英国人开办的。

"此人名叫霍华德·布鲁克，当时五十岁；布鲁克太太大概比他小五岁。这对夫妇有一个独生子哈利，二十四五岁。如今一家三口都已不在人世，所以我可以毫无顾忌地谈论他们。"

不知何故，迈尔斯感到一阵凉风穿过小小的餐室。

芭芭拉·莫雷尔正在抽烟，她透过烟雾专注地看着利高教授，在椅子里不安地蠕动。

"去世了？"她重复道，"所以现在怎么说都无损于……"

利高教授没接这个话茬。

"我要再重复一遍，他们住在沙特尔城郊，就在厄尔河岸边的一栋别墅里。夸张点儿说，那栋房子可以被称作城堡，虽然实际上并不是。在此处，厄尔河的河床较窄，水流平静，深绿色的水面上倒映着两岸的景致。现在，我们来仔细谈谈这栋建筑的位置！"

他神情专注，把咖啡杯向前一推。

"设想这个杯子就是那栋别墅，"利高教授演示起来，"以灰岩建造，三面都有庭院环绕。"他又用手指蘸了蘸玻璃杯里的红酒残渣，在桌布上画了一道弧线，"这就是厄尔河，从别墅前方蜿蜒流过。

"房子北面大约两百码处，有一座石桥架在河上。这座桥也是私产，河两侧的土地都归布鲁克先生所有。再向更远处走，河对岸还矗立着一座废塔。

"当地人称之为'亨利四世之塔'，但它跟那位法国国王没有任何关系。这座塔原本是某座城堡的一部分。十六世纪末，法国新教教徒进攻沙特尔时，城堡被烧毁，只有这座塔留存。塔身是圆柱形，由石材建造，内部的木地板早已焚毁。从里面看，石塔俨然一具空壳，只有沿内壁而筑的石质螺旋阶梯还在，阶梯通往塔顶平台，平台周围有护墙环绕。

"这座塔——注意了！——从布鲁克一家的别墅是看不见这座塔的。但是，别墅周围的风景真是漂亮极了！

"从别墅出发往北走，穿过浓密的青草，经过成排的垂柳，沿着河岸步行至河道弯曲处。首先映入眼帘的是这座石桥，倒映在波光粼粼的水面上；再往前就是那座石塔，矗立在长满青碧色苔藓的岸边。灰黑色的塔身圆滚滚的，上面有竖直的狭窄窗缝。石塔大约有四十英尺高，后面更远处是一片杨树林。布鲁克一家下河游泳时，就把石塔用作更衣室。

"所以，这个英国家庭——父亲霍华德，母亲乔治娜，还有他们的儿子哈利——住在舒适的别墅里，过着幸福快乐、可能略显无趣的生活。直到……"利高教授停顿了一下。

"直到什么？"迈尔斯催促道。

"直到一位女士出现。"

利高教授沉默了片刻。接着，他长吁一口气，耸了耸厚实的肩膀，仿佛不愿承担任何责任。

"至于我，"他继续说，"我于一九三九年五月到达沙特尔。那时我刚写完《卡廖斯特罗①的一生》，希望安安静静地休息一阵子。有一天，在市政厅门口的台阶上，我的好友摄影师可可·罗格朗把我介绍给了霍华德·布鲁克先生。我们俩是完全不同类型的人，却一见如故。他笑我的法国派头，我也笑他的英国腔调。大家都很开心。

"布鲁克先生头发花白，为人直率，性格冷淡但友好，兢兢业业地经营他的皮革生意。他穿着宽松的灯笼裤——在沙特尔，这副打扮显得十分古怪，好比在纽卡斯尔穿了短裙一般。他热情好客，眼睛里闪着愉快的光，但他的观念传统至极。不论何时，你都能猜出他下一步的言语和行为。他的妻子乔治娜身材丰满、容貌姣好，脸蛋儿红扑扑的，品性方面和丈夫是同一类人。

"但是儿子哈利……

"呵！和他的父母截然不同！

"我对这位哈利少爷很感兴趣。他敏感而富有想象力。他的身量、体型和行事方式都有他父亲的风范，但是，在看似'正

①卡廖斯特罗（Alessandro Cagliostro，1743—1795），意大利魔术师、炼金术士。

确'的外表之下，心事颇重，甚至有些神经质。

"哈利是个英俊的小伙子：有棱有角的下巴、挺直的鼻梁、两只迷人的棕色眼睛眼距较宽、一头金发。我暗想，他要是不好好控制自己的情绪，那头金发很快就会变得跟他父亲一样花白。哈利是父母的心头肉。我见过不少溺爱子女的父母，但溺爱到那种程度的，布鲁克夫妇真是绝无仅有！

"哈利一挥杆能把高尔夫球打出去二百码，又或者是二百英里——随便吧，总之很远——布鲁克先生得意得脸都涨紫了。哈利能顶着日头发疯一般打网球，赢了一排银质奖杯，他那老父亲简直快活得像去了极乐世界一般。他并不当面夸奖哈利，只是对儿子说'还不赖，还不赖'，却没完了地向所有人炫耀。

"哈利正学习做皮革生意，有朝一日要继承家族工厂，变得和他父亲一样富有。他明白道理，知道这是自己的职责。然而，这个男孩却想去巴黎学习绘画。

"上帝啊，他是多么渴望追逐梦想！那渴望程度之甚，反倒让他无法清楚表达出来。对于儿子立志当画家这件蠢事，布鲁克先生的态度温和而坚定。他自诩思想开明，认为绘画是个不错的爱好，但作为正式职业——算了吧！至于布鲁克太太，她的反应近乎歇斯底里，因为在她的认知中，当画家意味着哈利要住在阁楼里，被许多不着寸缕的漂亮女孩环绕。

"'儿子，'他父亲说，'我完全理解你的感受，我在你这个年纪的时候，也经历过类似的阶段。不过十年之后，你就只会笑话自己闹过这么一出。'

"'再说了，'他母亲说，'你就不能留在家里画画动物吗？'

"此后，哈利一味地外出玩乐，击打网球时下手之重，能把对手打出场外。要么他就呆坐在草地上，面色惨白，神情凝重，咬牙切齿，念念有词。这些人都如此坦率，对他人充满善意与真诚！

"我现在可以告诉二位，我从来都不知道哈利是否真的如此严肃地对待自己的人生追求。我再没有机会了解他的心思了。在那一年的五月下旬，布鲁克先生的私人秘书——一脸严肃的中年女士麦克沙恩太太——因为对国际局势深感不安，便辞职返回了英国。

"这么一来，事情变得很麻烦。布鲁克先生有大量私人信件需要处理——他的私人秘书是不参与皮革厂事务的。哦！一想到那个男人写信的频率，我就觉得头昏脑涨！不管是金融投资、慈善事业还是亲朋好友，他都要靠书信来联系，他还会写信给英国的报刊投稿。口述信件时，他不停地来回踱步，双手背在身后，花白的头发下面是一张瘦削的面孔，嘴唇的线条显示出他心中严厉的道德义愤。

"他必须找一位非常能干的私人秘书才行。他写信到英国，招聘最好的人才。接着，一位应聘者来到了'波尔加德(Beauregard)'。'波尔加德'是布鲁克先生为自家宅邸取的雅称。来人便是费伊·西顿小姐。

"费伊·西顿……

"我记得那是五月三十日下午。我和布鲁克一家在波尔加德喝茶。这是一栋建于十八世纪早期的灰色石质建筑，墙面上有石质浮雕，窗框漆成白色。别墅呈'冂'字形，三面包围前庭。我们坐在庭院里，在房屋影子的阴凉里喝茶。地面铺着光洁的草皮。

"我们面对着第四堵墙，墙中间是一扇铸铁栏杆大门。门敞开着，外面就是道路，路对面是一片碧草丛生的缓坡，顺着坡往下走，就到了栽着垂柳的河边。

"布鲁克先生坐在藤椅里，鼻梁上架着玳瑁框的眼镜，正笑嘻嘻地拿着一片饼干喂狗。英国人家里总会养狗。只要那只狗聪明到会坐直要吃的，在英国人看来，就是惊喜与欢乐永不枯竭的源泉。

"言归正传！

"茶桌的这一边是布鲁克先生，还有那条深灰色的苏格兰狸，活像一把会动的钢丝刷。茶桌另一侧坐着布鲁克太太，正在倒第五杯茶。她留着波波头，红润的面庞神情愉悦，衣着倒是不太讲究。哈利站在一旁，穿着运动上衣和法兰绒长裤，手握高尔夫开球杆，正在练习挥杆。

"树冠微微摇曳——这就是法国的夏日！树叶翻滚、晃动，发出窸窣的声响，在阳光下闪耀，还有花草的清香，慵懒的宁静——令你想合上双眼，心神荡漾……

"就在这时，一辆雪铁龙出租车停在了大门前。

"一位年轻的小姐走下出租车，慷慨地付了车费。司机提着行李跟在她身后。她羞怯地沿小径向我们走来，自报姓名是费伊·西顿，新聘的秘书。

"她是否美丽动人？老天！

"请记住——二位得原谅我竖起食指提醒你们——请记住，起初，至少是当时，我并没有感受到她满溢的魅力。她始终都散发着一种谦逊内敛的气质。

"我还记得第一天她站在小径上，布鲁克先生把她介绍给在场所有人，包括那条狗。布鲁克太太问她想不想上楼梳洗。她身材高挑纤瘦，动作柔和，穿着一身低调的定制套装。她的颈项修长，深红色的头发浓密顺滑。一双细长的蓝眸如梦似幻，眼含笑意，但很少直视他人。

"哈利·布鲁克没说话，只朝假想中的高尔夫球挥了一杆，只听得'咻'一声，球杆头部削断了草叶。

"我继续抽我的雪茄，一如既往、无时无刻不对人类行为充满强烈的好奇。我在心中高喊一声：'啊哈！好戏开场！'

"这位年轻小姐叫人越发喜欢。这不太寻常，甚至有些诡异。她有脱俗的美貌和温柔的举止，最重要的是，那种超然的淡漠……

"以常人的标准来评判，费伊·西顿小姐是位不折不扣的淑女，尽管她似乎有意隐瞒甚至害怕这一点。她出身于一个很好的家庭，有苏格兰某位没落古老贵族的血统，布鲁克先生发现了这一点，对此印象极深。她并未受过文秘方面的职业培训，而是另有专长。"利高教授轻笑道，锐利的目光看向两位听众，"但她学得很快，工作效率很高，而且机敏灵巧，沉着冷静。如果布鲁克一家打桥牌——三缺一，或是夜间点灯之后想有人唱唱歌、弹弹琴，费伊·西顿也都会遵从。虽然显得羞怯拘谨，但她以自己的方式亲切待人，她还经常坐着凝望远方。有时你不免因此恼怒，心中暗忖：这个女孩到底在想些什么？

"那个炽热的夏天……

"在烈日照射下，河水显得黏稠而肿胀，日暮之后却传来蟋蟀响亮的吟唱。我至今仍无法忘记那年夏日的种种情形。

"生性敏感的费伊·西顿不太热衷于运动，不过真实原因是她的心脏比较脆弱。刚才我跟二位提到过一座石桥，还有那座废弃的石塔，我还说布鲁克一家下河游泳时会把石塔用作更衣室。费伊·西顿在哈利的鼓励下，也去游过一两次泳。高挑纤细的身材，红发藏在橡胶泳帽之下，显得那样优雅美妙。哈利与她在水面泛舟，带她去电影院看说着一口完美法语的劳莱与哈代①，陪她在厄尔－卢瓦省②危险而浪漫的深林里散步。

"在我看来，哈利显然爱上了她。他的爱情发展迅速，二位知道的，虽然不像阿纳托尔·法朗士小说里描绘得那样快——'我爱你！敢问芳名？'——但也够快的了。

"六月的某个夜晚，哈利来到我住宿的帝王酒店。他无法对父母诉说心中的秘密，却一股脑儿倾吐给我。也许是因为我具有同理心，尽管我常叼着雪茄，少言寡语。我一直在教他阅读法国浪漫主义作家的伟大作品，使他的思想日益成熟，那些书籍可能在某种意义上扮演了魔鬼代言人的角色。他父母知道了应该会不太高兴。

"那天晚上，一开始他只是站在窗前，手里摆弄着一个墨水瓶，直到把墨水打翻。但最后，他还是把心里的话都说了出来。

"'我已为她痴狂'，他说，'我请求她嫁给我。'

"'然后呢？'我问。

"'她不答应。'哈利哭了起来。那一瞬间，我真的以为他会从敞开的窗户前跳下去。

"他的话让我十分吃惊：令我惊讶的不是哈利绝望的苦恋，而是女方竟然回绝了他。因为我敢发誓，费伊·西顿已经被打动，她已经被这个年轻人吸引。但是，没人能读懂女孩谜一般的表情：长睫毛下的蓝眼睛从不愿正视你，还有那种难以捉摸的、超脱俗世的冷漠。

"'也许是你求婚的技巧太笨拙了。'我说。

"'我对这种事一窍不通，'哈利一拳锤上刚才打翻墨水的桌

---

①好莱坞双人喜剧组合，在二十世纪二十年代至四十年代十分受欢迎。
②即沙特尔所在的省份。因有厄尔河、卢瓦河流经而得名。

子，'昨晚我与她去河边散步。是月光的缘故吧……'

"'我明白。'

"'我对费伊说，我爱她。我亲吻她的嘴唇和脖颈——啊！这一点很重要，我吻得快要失去理智了。于是我请求她嫁给我。在月光下，她的面孔像幽灵一样惨白，她拼命说'不！不！不！'好像我的话吓到了她似的。一秒钟后，她就从我身边跑开了，跑进废塔的阴影中。

"'利高教授，在我亲吻费伊时，她就僵硬地站在那里，仿佛一座雕像。老实说，那种反应让我充满厌恶，即使我知道自己配不上她。于是我穿过野草丛，跟着她走向石塔，并追问她心里是不是有别人。她吃惊地倒吸一口气，说没有，当然没有。我又问她，是不是不喜欢我，她说她喜欢。所以我说我不会放弃的。我不会放弃。'

"就是这样！

"这些就是哈利·布鲁克那天站在酒店客房窗前对我说的话。听了这番描述，我更疑惑了，因为费伊·西顿显然是个不折不扣的姑娘家。我安慰哈利，要他鼓起勇气。我还说，如果他行事机智一些，一定能俘获她的芳心。

"他确实成功了。不到三周后，哈利喜气洋洋地对我和他父母宣布，他和费伊·西顿订婚了。

"其实我觉得布鲁克夫妇不太赞成这桩婚事。

"注意，他们并非对女孩本人不满意，也不是对她的家庭、经历或名声不满意。都不是！不论谁都觉得她很合适。她可能比哈利大三四岁，可那又怎样？但布鲁克先生的英国式思维认为，儿子要迎娶一个刚到他们家来工作的女孩，这不是什么光彩的事。而且这桩婚事来得太突然，叫他们措手不及。话说回来，老两口是永远不会对哈利的婚事满意的，即便未来儿媳有百万财产和贵族头衔，他们也希望哈利等到年满三十五岁或四十岁再自立门户。

"所以除了一句'愿上帝保佑你们'，他们还能说什么？

"布鲁克太太紧紧抿着上唇，泪珠沿着脸颊滑落。布鲁克先生对儿子的态度则变得直率真挚起来，仿佛哈利一夜之间长大了。父母趁着空当悄声喃喃低语'我敢肯定一切都会没事的！'——就像在葬礼上谈论逝者灵魂的最终归属一般。

"请注意：老两口现在变得很高兴了，一旦适应了新的情况，他们便能重获乐趣。世上的家庭大多如此，布鲁克一家自然不能免俗。布鲁克先生期盼儿子更努力地经营皮革生意，把自家工厂的名号打得更响亮。毕竟，新婚的小两口还会住在家里，或至少住得离家不远。这样的安排很理想，像一首抒情诗、一曲田园牧歌。

"然后……悲剧发生了。

"这场沉重的悲剧仿佛是魔法变出的晴天霹雳，让人无法预料，无法招架。"

利高教授停下来。

他倾身向前，粗壮的胳膊肘支在桌上，前臂举起，左右两手的食指相抵。他每讲到一个要点，食指就对击一下，脑袋往旁侧微微倾斜。那副神情就像课堂上的讲师。那炯炯发光的眼神、光溜溜的秃脑袋，甚至是那抹滑稽的胡子，都放射出强烈的热情。

"啊！"他叹道。

他从鼻腔呼出一口气，坐直身子。搁在他腿上的粗手杖"哐当"一声掉在地上。他捡起手杖，小心翼翼地把它倚在桌沿。他又把手伸进外套内袋里，掏出一捆叠起的手稿和一张约有半张橱柜卡①大小的照片。

"照片里的这位，"他说道，"就是费伊·西顿小姐。我的朋友可可·罗格朗仔细地为照片上了色。手稿记录着这桩案件的详情，是我特意为谋杀俱乐部存档而写的。但是，请二位先看看这张照片！"

他把照片推过来，这个动作把桌布上的食物碎屑扫到了一边。

那是一张柔和的面孔，一张令人难忘、甚至感到不安的面孔，正透过照片凝望着观看者的肩后。眼距颇宽，眉毛纤细，鼻子短小；嘴唇丰满而性感，与顾盼姿态中的优雅精致不太相称。嘴唇恰巧遮掩了嘴角处的一丝微笑。暗红色的秀发如羊毛般滑顺，对她纤弱的脖颈来说，似乎有些太沉重了。

谈不上漂亮，但令人心动。那双眼睛里像是有什么东西在挑逗你，然后逃离——是讽刺吗，还是隐藏在冷淡表情之下的苦涩？

"现在，请二位告诉我！"利高教授仿佛胸有成竹，他扬扬得意地问，"你们能看出这张脸有哪里不对劲吗？"

---

①橱柜卡（cabinet card）是一种流行于十九世纪末至二十世纪初期的照片形式，通常大小为108毫米×165毫米。

第三章

"不对劲？"芭芭拉·莫雷尔问道。

乔治·安托万·利高似乎因强忍笑意而抽搐。

"没错！没错！没错！我为什么要把她描述成一个非常危险的女人？"

莫雷尔小姐一直专心致志地聆听教授的讲述，脸上挂着一丝轻蔑的表情。有一两次，她瞥向迈尔斯，欲言又止。她看着利高教授拿起搁在茶托边的熄灭的雪茄，得意地抽了一口，然后再次放下。

"恐怕，"她突然提高声音，好像对此格外关切，"恐怕我们必须先退回到定义上。你说的'危险'指的是什么？是说她太有魅力，以至于……把每个遇见她的男人都迷得神魂颠倒？"

"不是！"利高教授断然否认，再次咯咯笑起来。

"我承认，"他赶紧补充道，"对很多男人来说，也许真是这样。看看这张照片！但我指的不是这一点。"

"那么，你指的是哪种危险呢？"芭芭拉·莫雷尔追问，灰色的眸子因专注而发亮，甚至透出一股愠怒。她仿佛发起挑战似的抛出下一个问题："你想说她是——一名罪犯？"

"我亲爱的小姐啊！不是这样！不！不！

"这位亲爱的小姐！不是的！"

"难不成她是个靠卑劣手段谋求金钱与地位的投机分子？"

芭芭拉的手紧紧按在餐桌边缘。

"她喜欢煽风点火，对吧？"她大声猜测，"心如蛇蝎？满腹恶意？搬弄是非？"

"这么跟你说吧，"利高教授澄清，"费伊·西顿不是那种人。即便我向来愤世嫉俗，但我仍要说，她是一个温柔的、好心肠的清教徒。

"那还有其他什么可能？"

"剩下的可能性，小姐，就是谜题真正的答案。令人不快的流言开始在沙特尔和附近乡下传播。为什么平日里头脑清醒、谨言慎行的霍华德·布鲁克，她的未来公公，会在里昂信贷银行这样的公共场合大声诅咒她……"

芭芭拉压低声音，发出一声奇怪的感叹，或许意味着难以置信、轻蔑鄙视或是不以为意。利高教授对她眨眨眼。

"你不相信我的话，小姐？"

"信！当然信！"她的脸一下子红了，"我对此事又了解多少呢？"

"那么你呢，哈蒙德先生？你不怎么说话。"

"没错，"迈尔斯心不在焉地回答，"我正——"

"正在看这张照片？"

"是的。我在看照片。"

利高教授欣喜地睁大眼睛。"你也觉得这张照片很有意思吗？"

"像是有一种魔力，"迈尔斯说道，举手抚过前额，"照片里的这双眼睛！还有她微微扭头的姿态。真是耐人寻味！"

迈尔斯·哈蒙德久病初愈，很容易疲倦。他想要的是平静。他想隐居在新森林地区，与旧书为伴，请妹妹为他料理家事，直到她出嫁。他不想让什么事搅动自己的想象力。然而，他坐在那里，在摇曳的烛光下盯着那张照片，直到上面微妙的色彩变得模糊。

利高教授接着说下去："这些关于费伊·西顿的传闻……"

"什么传闻？"芭芭拉尖锐地问道。

利高教授语气平和，毫不理会她的急切。

"我嘛，我好比是瞎眼的蝙蝠，并没有听到任何相关传闻。哈利·布鲁克和费伊·西顿是在七月中旬订婚的。现在我必须告诉二位发生在八月十二日的事。

"那天对我来说就和平常一样，我在为《新旧世界评论》写一篇评论文章。早上，我在舒适的旅馆房间里写作，在将近一周的时间里我都是这么过的。但午饭后，我穿过市中心的埃帕尔广场去理发。在理发店时，我心想，我要在里昂信贷银行打烊之前去兑现一张支票。

"天气很热。整个上午天空都阴沉沉的，不时有隐隐的雷声，泼洒了一些雨点。只是零星小雨，不是暴雨，无法消暑，无法赐予我们凉意。我去了里昂信贷银行，遇见的第一个人就是霍华德·布鲁克先生，他正从经理办公室里走出来。

"这奇怪吗？

"没错，非常奇怪！我以为像他那样兢兢业业的人，此刻应该正待在自己的办公室里才对。

"布鲁克先生问候我时，神情不太寻常。他穿着一件雨衣，戴着一顶粗花呢便帽，左臂上挂着手杖，右手拿着一个老旧的黑色皮革公文包。当时我就察觉到他那双浅蓝色的眼睛看上去出奇地湿润；而且我之前也从没注意到，像他那样健壮的男人，下巴居然已经松弛了。

"'我亲爱的布鲁克！'我招呼他，拉过他的手握了握。他的手虚弱无力。'亲爱的布鲁克，'我说，'真是太巧了！家里一切都好？尊夫人、哈利还有费伊·西顿，大家都好吗？'

"'费伊·西顿？'他说，'见鬼的费伊·西顿。'

"嘿！

"他说的是英语，但声音太大，银行里有一两个人朝四周张望。这个老好人尴尬地涨红了脸，可是他心事重重，似乎并不太在意他人的目光。他把我拉到银行大堂的空旷处，那里没有其他人能听见我们说话。然后他打开公文包给我看。

"包里面孤零零地躺着四捆英国纸币。每捆二十五张，每张面额二十英镑：一共两千英镑。

"'我特意叫人到巴黎取来的。'他对我说，他的手在发抖，'你知道的，英镑更有吸引力。如果哈利不放弃这个女人，我就必须收买她，让她走。我得走了，告辞。'

"他挺直肩膀，合上公文包，二话没说，走出了银行。

"朋友们，你们知道肚子被狠揍一拳是什么感觉吗？你的眼睛会发晕，胃会吊起来，你突然觉得自己像一个被捏扁的橡胶玩具。那就是我当时的感觉。我忘了支票的事。我忘记了一切。我走回酒店，天上下着细雨，雨丝已经打湿了埃帕尔广场的鹅卵石。

"我发现自己无法继续写作。大约半小时后，三点十五分，电话响了。虽然我料到可能是布鲁克一家的事，但我没猜到是什么事。电话那头是乔治娜·布鲁克太太，她说：'看在老天的分儿上，利高教授，请你立刻过来！'

"这次，朋友们，我感到异常不安。

"我得承认，这次我彻底吓坏了！

"我发动我的福特车，为了以最快的速度去他们家，我把车开得比平时更疯狂。雨还是没有下畅快，无法在包裹着我们的闷热中砸出一个洞来。到达波尔加德时，我感觉那里就像一栋遭废弃的房子。我在楼下门厅大声呼喊，但无人应答。然后我走进客厅，看到布鲁克太太直挺挺地坐在沙发上，努力不让脸上露出表情，但手里攥着一块已被泪水沾湿的手帕。

"'太太，'我问她，'出什么事了？你先生和西顿小姐之间究竟发生了什么事？'

"她对我痛哭起来，她找不到其他可以求助的人。

"'我不知道！'她说。她显然确实毫不知情。'霍华德不肯告诉我。哈利说不管什么事都是胡说八道，但他也什么都不告诉我。一切都变得不再真实。然后，在两天前……'

"就在两天前，发生了一件令人震惊且无法解释的事。

"在波尔加德附近通往勒芒的大道上，住着一个名叫朱尔斯·弗雷纳克的菜农，他为布鲁克一家供应鸡蛋和新鲜蔬菜。朱尔斯·弗雷纳克有两个孩子，女儿十七岁，儿子十六岁。费伊·西顿对这两个孩子很好，所以弗雷纳克全家都很喜欢她。但是两天前，费伊·西顿在那条两侧是高大杨树和麦田的白色道路上，遇见了驾驶着运货马车的朱尔斯·弗雷纳克。他跳下马车，脸因为怒气而涨得又青又肿，他朝西顿小姐大吼大叫，直到她抬手捂住双眼。

"布鲁克太太的女仆爱丽丝目睹了这一切。但爱丽丝离得太远，听不清弗雷纳克在说什么。总之，男人的声音由于愤恨而变得异常嘶哑，几乎无法辨认。但是，当费伊·西顿转身要离开时，朱尔斯·弗雷纳克捡起一块石头朝她扔去。

"真是一出闹剧，嗯?

"这些是布鲁克太太告诉我的，她坐在客厅的沙发上，无助地摊开双手。

"'现在，'她说，'霍华德到石塔去了，到那座亨利四世之塔去见可怜的费伊。利高教授，你得帮帮我们。你得做些什么。'

"'可是，布鲁克太太! 我又能做些什么呢?'

"'我也不知道。'她回答我。她也曾是个美貌的女人。'但是，可怕的事情就要发生了! 我有预感!'

"现在我们知道，布鲁克先生三点从银行回来，带着那个装满钞票的公文包。他告诉妻子，他打算跟费伊·西顿'摊牌'，并说已经约好四点在废塔与她见面。

"然后他问哈利在哪里，他说希望'摊牌'时哈利在场。布鲁克太太回答说，哈利在楼上自己的房间里写信，于是他父亲上楼去找他。布鲁克先生没找到哈利——其实当时哈利正在车库里摆弄一台发动机——不一会儿布鲁克先生就下楼了。'当时他看上去真是可怜，'布鲁克太太说，'仿佛一下子老了好多岁，步子迈得那么慢，像是得了重病。'布鲁克先生就这样走出家门，去赴废塔之约。

"不到五分钟后，哈利从车库返回，并问父亲在哪儿。布鲁克太太歇斯底里地把情况告诉了儿子。哈利站着思索了一会儿，自言自语，然后也走出家门，向亨利四世之塔走去。在这段时间里没有人看到费伊·西顿。

"'利高教授，'布鲁克太太哭着对我说，'求求你跟着他们，想想办法。你是我们在这里唯一的朋友，你一定得跟过去看看。'

"这就是我老利高的任务吗?

"苍天呐!

"于是我跟了上去。

"当我离开房子时,响起一声惊雷,但老天仍没打算正经下雨。我沿着河东岸往北走,一直走到石桥。我穿过桥来到了河的西岸。废塔就耸立在这一侧,贴着河岸,离石桥还有一小段距离。

"那里看起来十分荒凉,我偶尔看到几块被火烧黑的石块,周围长满了杂草。那些就是原来的建筑仅剩下的遗迹。废塔的入口只是在石墙上凿出的一个圆形拱洞。门口朝西,背对着厄尔河,面向开阔的草地和一片栗树林。我走到那里时,天色渐渐暗下来,风刮得更凶了。

"费伊·西顿站在塔的入口处怔怔地看着我。她穿着一件轻薄的碎花丝质连衣裙,没穿袜子,赤脚踩着一双白色镂空皮凉鞋。她胳膊上挎着一件泳衣、一条毛巾和一顶泳帽;但她尚未下水游泳,因为她闪亮的深红色发丝边缘完全没有沾过水的迹象,也毫不凌乱。她的呼吸缓慢而沉重。

"'小姐,'我对她说道,但全然不知如何是好,'我在找哈利·布鲁克和他父亲。'

"差不多过了五秒钟——这在人的感受中可以是很长一段时间——她都没有回答我的话。

"'他们在这儿,'她终于对我说,'在楼上,塔顶上。'那一瞬间,她的眼神(我发誓!)就像是回忆起了可怕的场面。'他们好像吵起来了。我觉得我不应该介入其中。我先走了。'

"'可是,小姐! ——'

"'恕我失陪!'

"然后她就离开了,始终扭着脸不看我。一两滴雨点打在被风吹倒的草叶上，随后又有更多雨点落下来。

"我探头向门内张望。我刚才说了，那座塔不过是个空壳，有一道螺旋形的石阶，贴着内壁向上爬升，通往一个方方正正的开口，从那里可以去塔顶平台。塔里散发着一股河流与岁月的气息。里面空荡荡的，只有几张木头长凳和一把破椅子。光线从石阶旁的狭长窗子里透进来，把塔内照得相当明亮，即便当时天空中已风起云涌、雷电交加。

"愤怒的说话声从塔顶传来。我能隐约听到他们的话语。我大喊了一声，声音在那个大石头罐子里发出空洞的回响，说话声立刻停止了。

"于是我步履沉重地爬上螺旋石阶——这是一件令人头晕的事，而且叫人喘不上气来——我好不容易才从塔顶的方形开口钻了上去。

"哈利·布鲁克和他父亲面对面站在圆形的石质平台上，平台周围是一圈高高的护墙，这里远比周围的树木要高。那位父亲穿着雨衣，戴着粗花呢便帽，紧绷着嘴。儿子正在苦苦哀求；哈利没戴帽子，也没穿雨衣，上身穿着一件灯芯绒上衣，随风舞动的领带更彰显了他此刻的精神状态。父子二人面色苍白，情绪激动，但看到打断他们谈话的人是我，都松了一口气。

"'你听我说，父亲大人——！'哈利再次开口。

"'我再说最后一遍，'布鲁克先生用冷淡的语气说，'让我用自己的方式来处理这件事。'他转向我，招呼道：'利高教授！'

"'怎么了，我亲爱的朋友？'

"'可否劳烦你把我儿子从这里带走，好让我按自己的意思把事情处理完？'

"'把他带到哪儿去，朋友？'

"'带去哪儿都行。'布鲁克先生说道，转身背对我们。

"我偷偷瞄了一眼手表，当时是差十分四点。布鲁克先生约定四点在那里和费伊·西顿见面，他打算等下去。显而易见，哈利仿佛吃了败仗，一副泄气的样子。我没说刚才自己见过费伊小姐的事，因为我是来当和事佬的，而不是来火上浇油的。哈利同意跟我离开。

"现在，我要跟二位强调一下，希望你们都听得一清二楚！——我们下石阶之前看到的最后一幕。

"布鲁克先生站在护墙边，僵直的后背透出毫不妥协的意志。在他的一侧，那根淡黄色的木手杖直直地靠在护墙上；在他的另一侧，同样靠在护墙上的，是那个鼓鼓囊囊的公文包。塔顶四周环绕着带城垛的护墙，高至人胸口。垒砌护墙的石头已经碎裂，上面有些辨认不清内容的白色刮痕，那是人们刻在上面的自己姓名的首字母。

"我讲清楚了吗？很好！

"我带哈利下楼，领着他穿过那片开阔的草地，到那一大片向西北方延伸的栗树林中避雨。因为当时雨势渐大，而我们没有其他地方可躲。树叶被雨水敲打得噼啪作响，林中几乎是一片黑暗，我的好奇心达到了狂热的地步。作为他的朋友——从某种意义上说也是他的导师，我请求哈利告诉我，那些反对费伊·西顿的流言究竟是怎么回事。

"起初，他几乎对我的话充耳不闻。这个容貌俊朗、心智不成熟的年轻人，他的手不停地张开又合上。终于，他回答说，那些事太荒唐了，不值一提。

"'哈利，'他的利高叔叔威严地竖起食指，就像这样，'哈利，关于法国文学我们聊了不少，我告诉过你许多关于犯罪和神

秘学的事。我的阅历也算得上丰富了。我告诉你，在这世上，引起最大麻烦的事，往往就是那些太荒唐而不值得谈论的事。'

"他飞快瞥了我一眼，眼里闪着奇怪而阴沉的光芒。

"他问：'你听说过一个叫朱尔斯·弗雷纳克的菜农吗？'

"'令堂和我提过这个人，'我说，'但我不知道他到底怎么了。'

"'朱尔斯·弗雷纳克，'哈利说，'有个十六岁的儿子。'

"'然后呢？'

"就在此时——林中一片昏暗，废塔并不在我们的视野内——我们听到一个孩子的尖叫声。

"没错，有个孩子在尖叫。

"实不相瞒，那个叫声吓到我了，让我头皮发麻。一滴雨穿过上方浓密的树叶，落在我光秃秃的头皮上，我全身的肌肉瞬间都紧绷起来。因为我一直在庆幸自己总算避开了麻烦：霍华德·布鲁克、哈利·布鲁克和费伊·西顿已经暂时分开了，这三个人除非同时出现在一处，否则并不危险。可现在……

"尖叫声是从废塔的方向传来的。哈利和我跑出树林，来到开阔的草地上，面前就是那座塔和蜿蜒的河岸。空地上现在似乎站满了人。

"我们很快就搞清了情况。

"树林边缘有人在野餐，大约已经进行了半个小时。参与者有兰伯特夫妇，他们的侄女、儿媳和四个孩子，最小的九岁，最大的十四岁。

"就像真正的法国野餐客一样，他们拒绝因天气原因而推迟计划。当然，这片土地是私有的，但法国人并不像英国人那样，把私人地产当回事。他们知道布鲁克先生总是很讨厌擅自侵入者，所以一直在附近徘徊，直到看见费伊·西顿离开，然后又看见哈利和我离开。他们以为这一带已经没人了。孩子们冲到空地上，兰伯特夫妇靠着一棵栗树坐下来，打开了野餐篮。

"进入废塔里探险的是最小的两个孩子。当哈利和我冲出树林时，我还看见那个小女孩站在石塔入口，手指着塔顶。我听到她的声音尖锐刺耳。

"'爸爸！爸爸！爸爸！上面有个人浑身是血！'

"她就是这么说的。

"我也说不出当时其他人都说了什么，做了什么。但我记得，孩子们惊恐地转过脸看着他们的父母。一个蓝白相间的橡皮球滚过草地，落进河里，溅起水花。我快步朝那座塔走去。我爬上螺旋石阶。我脚下攀爬着，脑中产生了一个奇怪的、疯狂的、异想天开的想法：要让心脏虚弱的费伊·西顿小姐爬完这些台阶，未免太不懂得怜香惜玉了。

"我终于走到了塔顶，那里刮着凛冽的风。

"霍华德·布鲁克先生——还活着，还在抽搐——脸朝下趴在塔顶中央。他的雨衣背面已被鲜血浸透，露出半英寸长的裂缝，就在左肩胛骨下方，看来是他被人从背后刺伤了。

"我还没告诉二位，他一直随身带着的手杖，其实是一柄剑杖。此时它的两部分分别落在他身体两侧。剑柄及剑身部分在他的右脚附近，剑身又细又长，刃上沾满了鲜血。木制剑鞘滚到了他左侧护墙的墙根。但是，那个装着两千英镑现金的公文包不见了。

"我茫然地看着眼前的一切，而兰伯特一家在下面尖叫。当时是四点零六分，我注意到这一点并非出于侦探般的思维，而是因为我在想费伊·西顿是否如期赴约了。

"我跑到布鲁克先生身边，扶他坐起来。他冲我笑了笑，想说些什么，但他能说口的只有一句'糗大了'。哈利也走到我旁边，身处血污之中，不过他已帮不上什么忙了。他问：'爸爸，是谁干的？'可老人已经说不出话了。几分钟后，他死在了儿子的怀里，紧紧地抱住哈利，仿佛自己才是孩子。"

　　利高教授的叙述暂告一段落。

　　他显得十分内疚，低着头，阴沉地盯着餐桌，两只厚实的手掌撑在桌子两边。一阵沉默之后，他不耐烦地摇摇头。

　　接着，他以格外强烈的语气补充道："我接下来要说的，请二位务必留心听！

　　"我们知道，当我在差十分四点把霍华德·布鲁克先生独自留在塔顶时，他并没有受伤，身体情况良好。

　　"接下来，凶手一定到塔顶找过他。当时布鲁克先生背对着来客。此人从鞘里抽出剑，刺穿了他的后背。后来警方发现，对着河面那一侧的城垛上有岩石碎块松脱掉落，好像是有人爬上去时用手指把它们掰断的。这一切必然发生在三点五十分至四点零五分之间——四点零五分时，两个孩子发现了生命垂危的布鲁克先生。

　　"好！很好！这些就是我们已知的事实！"

　　利高教授猛地把椅子往前一拉。

　　"然而，各项证据确凿地表明，"他说道，"在这段时间里，不可能有任何人接近他。"

第四章

"二位听到我说的话了吗？"利高教授抬手打了个响指，以引起二人的注意。

迈尔斯·哈蒙德从神游中惊醒。

他想，对于任何有一些想象力的人来说，这位矮胖教授的叙述，不论是声音、气味还是视觉细节，都令人有身临其境之感。有那么一瞬间，迈尔斯忘了自己正坐在贝尔特林餐厅的楼上，身边的蜡烛已燃得只剩一小截，眼前的窗户正对着罗米利街。有那么片刻，他仿佛进入了故事的声音、气味和景象之中，于是罗米利街上雨丝的低语变成了亨利四世之塔上的雨声。

他发现自己情绪激动，忧心烦躁，已开始偏袒其中一方。他喜欢这个霍华德·布鲁克先生，喜欢他，尊敬他，同情他，就好像他与自己私交甚笃。无论是谁杀了这个老男孩……

更令他不安的是，桌上那张上色照片中的费伊·西顿，一直用她谜一般的双眼回望自己。

利高教授的响指刚使迈尔斯回过神来，他说："抱歉，嗯……你可否把最后那句话重复一下？"

利高教授发出嘲弄的笑声。

"乐意至极！"教授礼貌地回答，"我说的是，证据显示，在那致命的十五分钟内，没有任何人接近过布鲁克先生。"

"接近过他？"

"也没人有可能接近他。他孤身一人在塔顶。"

迈尔斯坐直身子。

"咱们先说清楚！"他说，"那人是被剑刺死的？"

"他的确是被剑刺死的，"利高教授表示同意，"现在，我荣幸地向二位展示凶手所用的武器。"

他谦恭地欠身，伸手去拿那根淡黄色的粗手杖。这根手杖在晚餐期间从没离开过他身边，现在还靠在桌沿上。

"那就是——？"芭芭拉·莫雷尔惊叫。

"没错，这就是已故的布鲁克先生的手杖。我刚才已经向小姐暗示了，我有收藏犯罪纪念品的爱好。这根手杖很漂亮吧？"

利高教授戏剧性地用双手托起手杖，拧开了弯曲的手柄。他抽出那柄细长、尖利的钢剑，毕恭毕敬地放到桌上。在烛光照射下，钢剑显出一股邪恶之气。然而，暗淡的剑刃几乎没有光泽；它已数年没有被人清洁、打磨过。迈尔斯看到剑身压在费伊·西顿的照片边缘，上面有已经凝固的暗色污渍。

"漂亮吧？"利高教授重复道，"如果你们愿意举到眼睛前细看的话，就会发现剑鞘内也有血迹。"

芭芭拉·莫雷尔猛地推开椅子站起身，向后退缩。

"你究竟为什么要把这个东西带过来？"她叫道，"还这么扬扬得意？"

教授惊讶地扬起眉毛。"小姐不喜欢这根手杖吗？"

"不喜欢，请把它收起来。这真是——太变态了！"

"不过小姐一定是喜欢这类东西的吧？否则你怎么会成为谋杀俱乐部的客人呢？"

"对。对的，当然了！"她匆忙改口，"只是……"

"只是什么？"利高教授催促道，柔和的嗓音里充满了好奇。

迈尔斯看着她站起来，紧紧抓着椅背。他对她的言语行动满腹疑惑。

有一两次，他意识到她隔着桌子盯着自己。但她大部分时间都注视着利高教授。整个叙述过程中，她肯定一直在疯狂抽烟。迈尔斯刚注意到她的咖啡杯碟里至少有六根烟蒂。教授在描述朱尔斯·弗雷纳克如何用言语攻击费伊·西顿时，她一度弯下腰，似乎要从桌下捡起什么东西。

芭芭拉是个充满活力、个头不太高的女人——也许是白色长裙使她显出小女孩的稚气。她不安地站着，双手在椅背后面不停扭动。

"嗯？你倒是说啊！"利高教授追根究底，"你对这些东西非常感兴趣，只是……"

芭芭拉干笑了一声。

"好吧，"她说，"它们让犯罪显得过于真实了，这是行不通的，任何一位小说家都会这样告诉你。"

"你是小说家吗，小姐？"

"不——算是。"她又笑了起来，手腕一翻，想避开这个话题。"不管怎样，"她急忙说下去，"你告诉我们，有人谋杀了这位布鲁克先生。凶手是谁呢？是——费伊·西顿吗？"

利高教授顿了一下，是那种略有些神经紧张的停顿，然后教授看着她，好像要努力下定决心。他呵呵地笑了。

"你是凭什么做出这种猜测的呢，小姐？我不是已经告诉二位了吗？从公认的常识来判断，费伊·西顿不可能犯下任何罪行。"

"哦！"芭芭拉·莫雷尔应道，"那么就没问题了。"

她把椅子往后拉了拉，又坐了下来，迈尔斯依旧盯着她。

"虽然你认为没问题了，莫雷尔小姐，但恐怕我不能同意。据利高教授所说，没有人在那个时刻靠近过受害者——"

"正是如此！我还特意强调了这一点！"

"你为何如此肯定？"

"有包括目击证人在内的各种依据。"

"比如呢？"

利高教授瞥了芭芭拉一眼，温柔地拿起手杖的上半部分，把剑插回鞘中，重新拧紧手柄，再次把它稳稳地靠在桌子边。

"朋友，你觉得我是个善于观察的人吗？"

迈尔斯咧嘴笑了。"当然，我可以毫不犹豫地承认这一点。"

"很好！那么就姑且由我来说明一下。"

利高教授为下一部分的论证摆起架势，他再次把胳膊肘支在桌子上，前臂举起，左右两手的食指相抵。那双专注、闪亮的眼睛离指尖是如此之近，他几乎要变成对眼了。

"首先，我本人可以作证，当我们把布鲁克先生留在塔顶时，没有任何人躲藏在塔顶或塔内。如果那样想就太荒谬了！我亲眼所见！那里空空荡荡的！我四点零五分重返塔内时也是一样，我可以发誓，并没有凶手藏在塔里伺机逃跑。

"其次，在我和哈利离开之后发生了什么？塔身只有一小段紧靠河岸，其余方向都被开阔的草地环绕。而这片草地立刻被一家八口侵占了：兰伯特夫妇、他们的侄女、儿媳和四个孩子。

"谢天谢地，我还是个单身汉。

"这群人占据了空地。他们人数众多，简直把草地都填满了。塔的入口就在兰伯特夫妇的视野之中。侄女和年纪最大的孩子一直围着塔走，盯着塔看。最小的两个孩子就在塔内。所有人都说那段时间里没有人进出过石塔。"

迈尔斯张嘴想抗议，但他还没来得及说出口，就被利高教授打断了。

"的确，"教授承认，"这些人并不知道圆塔沿河那一段的情况。"

"啊！"迈尔斯叹道，"没有证人看到那一侧吗？"

"哎，没有。"

"那么情况就一目了然了，不是吗？你刚才告诉我们，在临河的一侧，护墙的垛口上有几块岩石碎裂了，好像是有人攀爬时用手指掰断的。那么凶手一定是从沿河那一侧过来的。"

"请考虑一下，"利高教授劝说道，"这个理论若想成立，有几处难点需要解释。"

"什么难点？"

教授再次轻敲食指，心中把疑难之处整理了一番。"没有船靠近过石塔，否则就会被人看到。那座废塔有四十英尺高，石壁滑溜得像刚出水的鱼。根据警方的测量，最低的窗户离水面足有二十五英尺。凶手是怎么爬上墙、杀了布鲁克先生，然后再爬下来的？"

长久的沉默。

"但是，无论如何，这桩命案已经发生了！"迈尔斯抗议道，"你不是要告诉我凶手是个……"

"是个什么？"

问题立刻被抛了回来，利高教授放下手，身体前倾，迈尔斯感到一种怪异不安的神经刺痛。他觉得利高教授似乎想告诉他什么，想引导他、拉他入局，背地里却又带着嘲讽之意消遣他。

"我正要说，"迈尔斯回答，"难道还是某种能飘浮在空中的超自然生物不成！"

"你这句话说得真是奇怪啊！多么有趣！"

"对不起，且容我打断一句。"芭芭拉边说边摆弄桌布，"不管怎样，主要的问题出在费伊·西顿身上。你不是说她和布鲁克先生约好了四点见面吗？她到底赴约了没有？"

"就算去了，也没被人看见。"

"那到底是去了，还是没去，利高教授？"

"她事后到了现场，小姐。在事情都结束之后。"

"那么案发期间她在做什么？"

"哈！"利高教授兴致勃勃地欢呼了一声，两位听众甚至有些害怕他将要说的内容，"现在终于谈到重点了！"

"重点？"

"这道谜题中最吸引人的部分。孤身一人却遭刺杀的谜题……"利高教授鼓起腮帮子，"这道谜题很有趣，没错。但在我看来，案件最有趣之处并不在于物证线索。物证就像一个装着拼图碎片的明亮小盒子，每一个碎片都有编号，颜色也各不相同。不！在我看来，有趣之处在于人的思想和行为。如果二位愿意，也可以称之为'人的灵魂'。"他提高了声调，"比如费伊·西顿。如果可以的话，还请二位为我描述一下她的思想和灵魂。"

"她究竟做了什么？"迈尔斯问，"怎会令人们如此恼怒，令每个人都改变了对她的态度。如果我们知道其中的原委，也许会对分析案情有所帮助。恕我冒昧问一句，教授，你知道到底是怎么回事吗？"

"我知道。"教授回答得很干脆。

"那么谋杀发生时她在什么地方呢？"迈尔斯继续追问，种种疑惑在他心中沸腾翻滚，"警方对她在此案中扮演的角色又有何看法？还有，她和哈利·布鲁克的恋爱出了什么问题？简而言之，整个故事的结局到底如何？"

利高教授点点头。

"我会告诉你们的，"他保证道，"但首先——"利高就像一位优秀的鉴赏家，笑容满面地吊起听众的胃口，"我们得先喝一杯。我的喉咙干得像沙子一样。你们也得喝点儿。"他提高了声音，"服务生！"

停顿片刻，他又喊了一嗓子。声音充满了整个房间，似乎令挂在壁炉架上的骷髅头骨版画震动起来，蜡烛的火焰慢慢地卷曲，但是没有人应答。窗外夜色黑得如沥青一般，仿佛从暴雨中汩汩流淌而出。

"哎，怎么回事！"利高教授抱怨道，开始到处找召唤服务生用的铃铛。

"说实话，"芭芭拉壮着胆子插话，"我觉得很奇怪，居然还没有人把咱们赶出去。谋杀俱乐部似乎是很受欢迎的顾客。现在肯定快十一点了。"

"确实快十一点了。"利高教授气鼓鼓地看了看手表，然后站起来，"小姐，请你不要担心这一点！还有你，我的朋友。我一定会把服务生找来。"

通向外间的双开门在利高教授身后猛地关上，烛光摇曳着。迈尔斯不自觉地站起身，等教授回来。这时，芭芭拉伸出手，碰了碰他的胳膊。她的眼睛，那双富有同情心的、亲切的灰色眼睛，在光洁的额头和灰金色头发的衬托下，无声地却又异常清楚地表示，她想私下问他一个问题。

迈尔斯再次坐下来。

"怎么了，莫雷尔小姐？"

她迅速把手抽了回去。"我……我不知道该怎么跟你开口，真的。"

"那么，我先说？"迈尔斯脸上露出宽容而狡黠的微笑，一副胸有成竹的模样。

"你……"

"我无意打探任何事，莫雷尔小姐。这些话完全是你我之间说说而已。今晚有那么一两次，我突然意识到，你对费伊·西顿这个案子的兴趣远远超过了你对谋杀俱乐部的兴趣。"

"你为何会这么想？"

"我说得对吗？利高教授也注意到了。"

"没错，是这样。"她犹豫片刻才开口，用力点了点头，然后扭过头去，"所以我欠你一个解释。我想给你一个解释。但在此之前——"她转过身来面对他，"可以问你一个非常无礼的问题吗？我也无意打探什么，真的，我不想多事，但我可以问你一句吗？"

"当然。你想问什么？"

芭芭拉敲了敲费伊·西顿的照片，那张照片就在两人之间，旁边是一摞折叠起来的手稿。

"你被这张照片迷住了，是吗？"她问。

"唔——是的。我想我确实着迷了。"

"你在想，"芭芭拉说，"爱上这位小姐会是什么感觉。"

如果说她的第一个问题只是令他有些不安，那么第二句话就真的令他猝不及防。

"你是想当读心术师吗，莫雷尔小姐？"

"对不起！不过，我说中了吗？"

"没有！等一下！请打住！这玩得有些过火了！"

那张照片确实有一种催眠的作用，他不能否认。但他只是产生了好奇心，受到了谜题的诱惑。迈尔斯总是会对此类故事产生兴趣：通常是以悲剧收尾的浪漫故事，故事里有一个可怜的魔鬼爱上了一个女人的画像。当然，现实生活中确实发生过这种事，但他不会因此轻信。不管怎样，这都不是问题所在。

芭芭拉一本正经的模样真让他觉得好笑。

"再说了，"他反驳道，"你为什么要提这种问题？"

"是因为你今晚早些时候说过的话。请不必劳神回忆了！"芭芭拉的脸上显露出幽默的神情，嘴角的扭曲与眼中的笑意却有些矛盾，"我大概只是累了，所以开始胡思乱想。忘了我刚才的话吧！只是……"

"你看，莫雷尔小姐，我是一个历史学家。"

"哦？"她的态度立刻变得友好起来。

迈尔斯觉得不好意思。"恐怕这是一种自大的说法。不过我确实是搞史学的，虽然成就微不足道。我要研究的世界和我生活在其中的现实世界，都是由与我素不相识的人组成的。无数男男女女在我出生之前就已化为尘土，但我试着去想象他们，理解他们。至于这位费伊·西顿……"

"她真是太迷人了，不是吗？"芭芭拉指指照片。

"是吗？"迈尔斯冷淡地反问，"这当然是件不错的摄影作品。上色的照片通常令人厌恶。总之，"他生硬地转回正题，"这位女士并不比阿涅丝·索蕾① 或者——或者帕梅拉·霍伊特② 更

①阿涅丝·索蕾(Agnès Sorel，1422—1450)，法兰西国王查理七世的情妇，号称法国史上最美的女人。
②译者注：帕梅拉·霍伊特夫人 (Lady Pamela Hoyt)，这个英国摄政时代的历史人物在本书中多次被提及，然而查询不到关于她的任何资料。不少国外读者也遇到相同的问题，并推测此人可能系作者杜撰。

真实。我们对她一无所知。"他停顿片刻，像是突然想起了什么，"话说回来，我们连她目前是生是死都不知道。"

"确实，"女孩缓缓附和，"我们还没确认过这一点。"

芭芭拉慢慢站起身，指关节在桌面拂过，好像要扔掉什么东西。她深吸一口气。

"我只能再次请求你，"她说道，"把我刚才的话都忘了吧。那只是我一个愚蠢的想法，没什么意义。今晚过得多么诡异啊！利高教授还真是会施魔法，不是吗？对了，"她突然转过头来，"教授不是去找服务生了吗？怎么会花这么长时间？"

"利高教授！"迈尔斯喊道，他又提高了嗓门，"利高教授！"

再一次，就和教授自己召唤服务生时一样，只有雨水在黑暗中汩汩流淌。无人应答。

第五章

迈尔斯站起身来，向双开门走去。

他用力把门打开，看向空无一人的昏暗外间。临时吧台上的瓶子和玻璃杯都撤走了，只有一盏电灯亮着。

"诡异的夜晚，"迈尔斯叹道，"说得一点儿也没错。先是谋杀俱乐部成员集体失踪，接着，利高教授对我们讲了个不可思议的故事。"迈尔斯摇摇头，像是要把脑中的混沌甩掉，"而且你越想就越发觉得不可思议。然后连教授本人也不见了。按照常识判断，他只是去找——无所谓了。但是与此同时……"

通向走廊的红木门开了。领班侍者弗雷德里克走了进来，那张有着圆下巴的面孔上带着愠怒。

"先生，"他说道，"利高教授在楼下打电话。"

芭芭拉消停了没多久，这时拎起手提包，吹灭了那支烛火摇曳不定、烟雾浓烈刺鼻的蜡烛，跟着迈尔斯走到了外间。她再次停下脚步。

"打电话？"芭芭拉质问道。

"是的，小姐。"

"可是，"她脱口而出，那些语句听起来几乎滑稽可笑，"他不是要找人给我们倒酒吗？"

"是的，小姐。教授在楼下时，正巧有电话打来。"

"谁打来的？"

"应该是基甸·菲尔博士，小姐。"短暂停顿，"也就是谋杀俱乐部的名誉秘书。"又是片刻停顿，"博士得知今晚早些时候利高教授从这里给他打过电话，所以这会儿又打了回来。"弗雷德里克的眼神里怎会透出一丝危险气息？"利高教授似乎非常生气，小姐。"

"老天呐！"芭芭拉倒吸了一口凉气，惊愕之情难以掩饰。

外间的椅子僵硬地沿墙排列，就像殡仪馆的客厅。一张粉红锦缎椅的椅背上，搭着姑娘的毛皮披肩、挂着一把雨伞。芭芭拉故意装出一副若无其事的样子，其实骗不了任何人。她拿起东西，围上披肩。

"万分抱歉，"她对迈尔斯说，"我现在得走了。"

他瞪着她。

"但是，你不能现在就走！要是那老家伙回来发现你不在，不生气才怪呢！"

"他回来要是发现我还在这里，"芭芭拉坚决地说，"更会大发雷霆。"她在手提袋里摸索。"我要付自己那份晚餐的费用。晚餐很棒。我——"她彻底陷入了混乱状态，一直惊慌到指尖。手提包里的东西散落出来，硬币、钥匙、粉盒落得满地都是。

迈尔斯忍住了想笑的冲动，他当然不是要嘲笑这个女孩，只是脑海里灵光闪现，他一下子明白了。他弯下腰，捡起掉在地上的东西，把那些零碎儿扔进她的手提包，然后"啪"的一声扣上。

"这些都是你安排的吧，对不对？"他问她。

"安排？我……"

"你故意搅黄了谋杀俱乐部的晚宴，老天！你设法拖住了博士、科曼法官、爱伦·奈和其他所有人！所有人，除了利高教授，因为你想听他亲口讲述费伊·西顿的案子！你知道谋杀俱乐部不招待外人，除了演讲者，但你没料到我会出现——"

她用极严肃的语气打断了迈尔斯。"请你不要拿我寻开心！"

芭芭拉挣脱了迈尔斯放在她胳膊上的手，向门口跑去。弗雷德里克冷冷地盯着天花板的一角，慢慢地挪到一边给她让路，仿佛在提醒她，他本可以叫警察的。迈尔斯急匆匆地跟在她后面。

"喂！等一下！我不是要责怪你！我……"

但她已经飞奔过铺着软地毯的走廊，朝通往希腊街的隐秘楼梯跑去了。

迈尔斯绝望地环顾四周。对面门上是男士衣帽间的闪亮标牌。他抓起自己的雨衣，把帽子扣在头上，又转身面对弗雷德里克那双会说话的眼睛。

"谋杀俱乐部的晚餐费用是有人一次性支付吗？还是各付各的？"

"按惯例是各付各的，先生。但是今晚——"

"明白，明白！"迈尔斯把几张大钞塞到领班手里，想到自己现在付得起账了，不由窃喜。"所有费用我都包了。请向利高教授转达我的敬意，告诉他明早我会打电话向他道歉。虽然不知道他在伦敦的住址，"他把这点尴尬扫到一旁，"但是我能查出来。呃——钱够了吗？"

"你给得太多了，先生。还有……"

"抱歉，是我不对。晚安！"

他不敢跑得太快，害怕老毛病再犯，弄得头昏脑涨，但是他的步伐还是相当快。他下了楼，走到店外，还能看见芭芭拉毛皮披肩下白色连衣裙的微光。她正朝弗里斯大街走去。于是他开始狂奔。

一辆出租车沿着弗里斯大街向莎夫茨伯里大街驶去，引擎的轰鸣声在空旷寂静的深夜伦敦街头显得格外清晰。迈尔斯招呼了一声，并没抱多大希望，但令他吃惊的是，出租车竟犹豫地转向了路边。迈尔斯用左手抓住芭芭拉·莫雷尔的胳膊，右手赶紧拉开了车门把手，仿佛害怕有什么人会从淅淅沥沥的阴雨中如幽灵一般出现，声称这辆车是自己先拦下的。

"说实话，你真的没必要那样跑掉。"他对芭芭拉说道，话语中带着一种真诚的暖意。她的胳膊不再挣扎。"至少让我送你回家吧，你住在哪儿？"

"圣约翰伍德。但是……"

"去不了，长官。"出租汽车司机用夸张的痛苦语气反抗道，"我往维多利亚路那个方向走，剩下的汽油只够我回家的。"

"行。把我们拉到皮卡迪利圆环地铁站。"

车门"砰"的一声关上了。轮胎在潮湿的柏油路上嘶嘶作响。芭芭拉瑟缩在座位角落里，低声说话。

"你想杀了我，对不对？"她问道。

"我说最后一遍，我亲爱的小姐：不对！正相反。人生已然如此艰难，每一寸光阴都值得珍惜。"

"你到底什么意思？"

"一位高等法院法官、一位律政要人，以及其他一些重要人物早已安排好的事却被人故意搞得一团糟。如果你听说——这本是你永远不会听到的——有重要人物不能顺利预约，或者被扔到了队尾重新排号，你难道不觉得大快人心吗？"

女孩看着他。

"你真是个好人。"她郑重地说。

这句话叫迈尔斯猝不及防。

"这不是人好不好的问题,"他有些激动地反驳,"自亚当出世以来,人的本性如此。"

"但是可怜的利高教授——"

"没错,这对利高是有些残忍。我们必须设法弥补。话说回来,虽然我不知道你的动机,莫雷尔小姐,但你这么做还是挺让我高兴的。只是有两点不太妥当。"

"哪两点?"

"首先,我觉得你应该和博士说实话。他是个了不起的老男孩,不管你跟他说什么,他都会同情你的。而且他一定会喜欢那个人孤身在高塔上被谋杀的案子。""前提是,"迈尔斯补充道,仍觉得周身被当晚混乱诡异的气氛环绕,"前提是,那件案子是真实的,不是什么幻觉或恶作剧。如果你跟博士说了……"

"可我根本不认识博士!关于这件事我也说谎了。"

"这没关系!"

"当然有关系!"芭芭拉用双手紧紧捂住双眼,"我从未见过俱乐部的任何成员。但你看,我能了解到他们所有人的名字和地址,而且也知道利高教授要讲布鲁克一家的案子。我谎称自己是博士的私人秘书,给所有其他会员打了电话,说俱乐部晚宴推迟了。然后我又以俱乐部主席的名义联系了博士。万一有人真的给这两人打电话确认,我就只能祈祷他们今晚都不在家了。"

她停下来,怔怔地盯着驾驶座后面的玻璃隔板,慢慢地补充了一句:"我这么做并不是为了恶作剧。"

"我猜到了。"

"是吗?"芭芭拉惊呼,"你猜到了?"

出租车在颠簸中行进。有一两次，其他车辆从旁边驶过，车灯射出诡异而陌生的光束，透过沾满雨雾的昏暗车窗，迅速扫过出租车的后座。

芭芭拉转身面向他。她用一只手扶着前面的玻璃隔板以稳定身体。焦虑、歉意、奇怪的尴尬，还有——没错！显然是好感——从她的表情中流露出来，十分明显，就像她要开口告诉他一样。但她并没有说别的什么，她只问："第二点是什么？"

"什么第二点？"

"你说有两点不妥，关于今晚我犯下的蠢事。第二点是什么？"

"噢！"他努力使自己听起来轻松随意，"见鬼，我对那桩石塔谋杀案很感兴趣。但是利高教授大概不愿意再跟咱们俩说话了——"

"你可能再也听不到故事的结局了。"

"没错，就是这样。"

"我明白了。"她沉默了一会儿，用手指轻敲手提包，嘴角奇怪地扯动，眼睛闪闪发光，好像含着泪，"你今晚要在哪儿过夜呢？"

"伯克雷酒店。不过我明天就回新森林。我妹妹和她未婚夫明天来伦敦，然后我们一起回去。"迈尔斯顿了一下，"你问这个做什么？"

"也许我可以帮你。"她打开手提包，抽出一沓手稿递给他，"这是利高教授对布鲁克一案的记录，专门为谋杀俱乐部存档而写。我从贝尔特林餐厅的桌子上偷的，当时你正要去找教授。我本来打算看完之后再寄给你，但我唯一想了解的问题已经解决了。"

她执意要把手稿塞进他手里。

"我不知道自己现在还有什么用，"她哭了出来，"我不知道自己现在还有什么用！"

司机把车挂到空挡，轮胎摩擦路面发出嗖嗖声，出租车停在了莎夫茨伯里大街的路口，皮卡迪利圆环站就在眼前。夜归的人群拖着脚步，喃喃低语。芭芭拉立刻钻出出租车，站到人行道上。

"你别出来了！"她边说边后退，"我可以从这里直接坐地铁回家。反正出租车同你顺路。——去伯克雷酒店！"她嘱咐司机。

三拨美国大兵一共八人都朝出租车冲过来，迈尔斯及时关上了车门。借着一扇窗户中透出的灯光，他瞥见了芭芭拉的脸。当车启动时，人群中的她尽力装出一副灿烂的笑容。

迈尔斯靠回座位上，攥着利高教授的手稿，感觉纸张仿佛在掌心灼烧。

老利高一定会暴跳如雷。他会以高卢人的逻辑，疯狂地要求知道为什么，为什么这种鬼把戏会落到自己头上。这并不好笑，其中必然有合理原因。但迈尔斯目前还不知道答案，他目前只能肯定一点：芭芭拉·莫雷尔的动机强烈而真诚。

至于芭芭拉关于费伊·西顿的那句话……

"你在想，爱上这位小姐会是什么感觉。"

多么荒唐的胡言乱语！

霍华德·布鲁克的死亡之谜已被警方、利高，或者其他什么人解开了吗？他们知道凶手是谁，是如何行凶的吗？

根据教授的说法，显然还没有。他说他知道费伊·西顿有什么"问题"。但是他也说过——虽然措辞古怪难懂——他不相信她有罪。在这场曲折离奇的谋杀案中，每一个说法都清楚地表明，这是一道无解的谜题。

迈尔斯在昏暗的光线下瞥了一眼手稿。这份东西可以告诉他的，不过是警方调查的常规事实。其中或许描绘了一个红头发蓝眼睛的漂亮女人品性是如何肮脏，但不会再有更多信息了。

迈尔斯对整件事厌恶至极。他想要平静和安宁。他想从这些纠缠着自己的绳索中解脱出来。他来不及多想，凭着突然的冲动倾身敲了敲玻璃板。

"司机！汽油够送我回贝尔特林餐厅，然后再去伯克雷酒店吗？如果可以的话，我付双倍车费！"

司机的背影因愤怒和犹豫而显得扭曲，但出租车还是放慢了速度，绕着爱神喷泉回到了莎夫茨伯里大街。

迈尔斯下定了新的决心。何况他离开贝尔特林餐厅不过几分钟。他现在的行动是唯一明智的做法。他在罗米利街跳下出租车，急急忙忙地绕过街角，走进侧门，上了楼梯，那股决心在心头闪耀。

在二楼大厅里，他看到一个神情沮丧的服务生正在准备打烊。

"利高教授还在吗？一个矮胖的法国绅士，留着一撮希特勒那样的小胡子，拿着一根黄色的手杖？"

服务生好奇地看着他。

"他在楼下的酒吧里，先生。他……"

"把这个给他，好吗？"迈尔斯请求道，把叠好的手稿塞进服务生手里，"告诉他这是不慎拿走的。谢谢你。"

他又大步走了出去。

回家的路上，迈尔斯点燃烟斗，吸入令人舒缓的烟雾，感到兴奋而轻松。明天下午，等处理完来伦敦的正事之后，他就去车站跟玛丽安和史蒂夫碰头。然后他就能回乡下，回到新森林那栋僻静的房子里。两周前他们刚继承了那栋房子，感觉就像大热天猛地跳进凉爽的水里一样。

那桩谋杀案甚至还没来得及困扰他的思绪，就已经被他彻底抛到了脑后。不管那个名为费伊·西顿的魅影有什么秘密，都与他无关。

能吸引他注意力的是叔父的图书馆。在搬家和收拾安顿的混乱过程中，那个诱人之所还几乎没人探索过。明晚此时，他将身处灰林小筑，被新森林的古老橡树和山毛榉包围。身边是一条小溪，黄昏时，你轻弹面包碎屑，虹鳟就会跃出水面。不知怎的，迈尔斯感觉自己摆脱了一个圈套。

出租车把他送到了伯克雷大街与皮卡迪利大街交会处，他慷慨地付了车费。迈尔斯看到酒店休息厅的小圆桌前仍然坐得满满当当，他憎恶拥挤的人群，于是故意绕到伯克雷大街的入口处，好再多呼吸一会儿孤独的气息。雨势渐弱。夜色中有一丝清新的空气。迈尔斯穿过转门走进小门厅，前台就在他的右手边。

他在前台拿了钥匙，站在那里犹豫是否该在睡前抽最后一支烟，来最后一杯威士忌加苏打水。这时，夜班接待员手里拿着一张字条，匆匆走出了小隔间。

"哈蒙德先生！"

"嗯？"

接待员仔细看了看那张字条，努力辨认自己的笔迹。

"有您的留言，先生。您是不是向这家——这家职业介绍所申请招聘一名图书管理员，做编目工作？"

"是的，"迈尔斯说，"他们承诺今天傍晚派一位应聘者来。但人一直没出现，导致我参加一场晚宴时迟到了。"

"应聘者最终还是来了，先生。那位女士说她很抱歉，但实在无法早些赶过来。她说自己的处境很艰难，因为她刚被从法国遣返……"

"被从法国遣返？"

"是的，先生。"

灰绿墙壁上镀金大钟的指针摆向十一点二十五分。迈尔斯·哈蒙德一动不动地站着，不再摆弄手中的钥匙。

"那位女士留下名字了吗？"

"留了，先生。她是费伊·西顿小姐。"

第六章

第二天是六月二日，星期六。迈尔斯于下午四点到达滑铁卢车站。

车站弧形的铁梁顶棚足有一英亩大，依旧暗沉沉地罩在人们头顶，空袭后，只有几块玻璃仍在原处。星期六的滑铁卢容纳了去往伯恩茅斯的大部分客流。扩音器中仍然响着一个女人精力充沛的声音，指导人们该排哪个队伍——这个声音一旦开始播报你想听的信息，立刻就会被蒸汽的嘶鸣或引擎浑厚的砰砰声淹没。一队队旅客在书报摊后面的长椅之间蜿蜒排开，他们不是穿着一身卡其色，就是其他单调的平民装束，在扩音器彬彬有礼又恼人的指导下，混杂在彼此的队伍里。

迈尔斯·哈蒙德并不觉得好笑。当他放下手提箱，站在大钟下等待时，他几乎对周围的一切视而不见。

你到底在胡搞些什么！他责问自己。

玛丽安会怎么说？史蒂夫会怎么说？

如果说这世上有谁仍保有理智的话，那就是他妹妹和准妹夫了。几分钟后迈尔斯看到了他们，他精神振奋了起来。只见玛丽安拎着大包小包，史蒂夫嘴里叼着烟斗。

玛丽安·哈蒙德比迈尔斯小六七岁，是一个身材结实、容貌姣好的女孩。她长着和她哥哥一样的黑发——但哥哥身上却似乎没有妹妹那种求实的性格。玛丽安非常喜欢迈尔斯，总是不知疲倦地迁就他。因为即便她从没说出口，但她真的确信，哥哥在精神层面还没有长大。当然，她为哥哥能写出那样博学的著作而骄傲，尽管玛丽安承认自己实在不能理解那些书本的意义：它们与生活中真正重要的事毫无关系。

而迈尔斯有时不得不承认，也许她是对的。

在滑铁卢车站带回音的顶棚下，她急匆匆地朝迈尔斯走来。即便今年她也打扮得很体面，把旧衣服穿出了新花样，在笔直的黛眉之下，她那双淡褐色的眼睛安逸地看待生活，对迈尔斯反复无常的行为感到好奇甚至愉悦。

"说真的，迈尔斯！"妹妹说道，"你看看钟！现在刚过四点！"

"我知道。"

"咱们的那趟火车要到五点半才开，亲爱的。即使要早一些过来排队等座位，你也不用非要我们来得这么早吧？"然后，妹妹注意到了他脸上的表情，一下子说不出话来，"迈尔斯！怎么了？你病了吗？"

"没有，我没病！"

"那是怎么了？"

"我想和你们两个谈谈，"迈尔斯说，"跟我来。"

史蒂夫·柯蒂斯把烟斗从嘴里拿出来。"嗯？"他有些疑惑。

史蒂夫的年龄在三十六七岁。他几乎已经秃了——这个话题是他的痛点——不过看起来很有风度，也很有魅力。那两撇漂亮的小胡子让他看上去有些像皇家空军，其实他在宣传部工作，非常讨厌别人拿这个机构开玩笑。他在战争初期因伤退伍，两年前，

58

在工作中结识了玛丽安，现在两人已经亲如一家人了。

他戴着一顶软帽，充满兴趣地望着迈尔斯。

"谈什么？"史蒂夫问道。

滑铁卢车站十一号站台对面有一家餐厅，要往上走两段陡峭的楼梯。迈尔斯拎起手提箱，把两人带到了那里。他们坐在一张靠窗的桌子旁，能俯瞰站台。餐厅只有一间很大的仿橡木镶板房间，里面客人很少。迈尔斯先小心翼翼地点了茶。

"有个叫费伊·西顿的女人，"他说道，"六年前，她在法国卷入了一桩谋杀案。人们指责她做出了某种不可言说的不良行为，整个地区都为之震惊。"他停顿了一下，"我已聘请她来灰林小筑做图书编目工作。"

长久的沉默。玛丽安和史蒂夫望着他。史蒂夫再次把烟斗从嘴里拿出来。

"为什么？"他问道。

"我不知道！"迈尔斯诚实地回答，"我已下定决心不牵扯到此事。我本打算坚决地告诉她，这个职位已经找到人了。我昨晚整夜都没睡，因为我一直想着她的脸。"

"昨晚，嗯？你是什么时候见到她的？"

"今天上午。"

史蒂夫小心翼翼地把烟斗放在他们之间的桌子上。然后他仔细地把碗往左推了一点，又往右推了一点。

"听我说，老兄——"他终于开口了。

"噢，迈尔斯，"玛丽安叫道，"这算是怎么回事？"

"我正要告诉你们！"迈尔斯沉思道，"费伊·西顿是一位接受过训练的专业图书管理员。所以，那晚在谋杀俱乐部，当我提到图书馆、并说我在找图书管理员时，芭芭拉·莫雷尔和那个老头儿看起来表情怪异。但芭芭拉的头脑比老教授还要敏捷。她猜到了。在目前劳动力严重短缺的情况下，如果我去职业介绍所招聘图书管理员，而费伊·西顿正在找工作，那么她十有八九会被指派给我。没错。芭芭拉提前猜中了。"

他的手指打鼓般敲击桌面。

史蒂夫摘下软帽，露出泛着粉红色的光头，下面是一张关切而忧虑的面孔，带着劝告亲人的表情。

"咱们把这件事捋一捋"，他建议道，"昨天早上，星期五早上，你来伦敦招聘一位图书管理员——"

"其实，史蒂夫，"玛丽安插嘴，"他是受邀参加一个什么'谋杀俱乐部'的晚宴。"

"就在那里，我第一次听说了费伊·西顿的名字。"迈尔斯说，"我没疯，这也一点儿都不神秘。可后来，我遇到了她本人……"

玛丽安笑了。

"她给你讲了一个令人心碎的故事？"玛丽安问道，"而你又像往常一样，被激起了同情心？"

"正相反，她压根儿不知道我听说过她的事。我们只是坐在伯克雷酒店的休息室里聊了聊。"

"我明白了。迈尔斯，她年轻吗？"

"是的，相当年轻。"

"漂亮吗？"

"可以这么说。但我并不是受了美貌的影响，而是——"

"是什么，迈尔斯？"

"只是她遇到的那些事！"迈尔斯打了个手势，"没时间把整个故事讲给你们听了。重要的是，我已经跟她约好了，她要和我们一起搭乘下午的火车去新森林。我觉得我应该先告诉你们俩。"

迈尔斯感到如释重负，于是仰身后坐。这时女服务员走过来，"哐当"一声把茶具放到桌上，手腕的动作像是在扔硬币。外面，在落满灰尘的窗户之下，在通往月台的写着白色编号的黑色大门前，无穷无尽的旅客在缓慢移动。

迈尔斯注视着身边的两个旅伴，忽然意识到历史正在重演。没有人比玛丽安·哈蒙德和史蒂夫·柯蒂斯更能代表家庭生活的传统了。就像六年前费伊·西顿被介绍到布鲁克家一样，她现在即将进入另一个这样的家庭。

历史正在重演。没错。

玛丽安和史蒂夫交换了一个眼神。玛丽安大笑起来。

"好吧，谁知道会怎样，"她的语气中并没有不悦之意，"说不定还挺有趣的呢！"

"有趣？"史蒂夫叫道。

"迈尔斯，你有没有告诉她一定要带上配给证？"

"没有，"他苦涩地回答，"我把这些细节给忘了。"

"没关系，亲爱的。我们总是可以……"玛丽安突然坐直了身子，淡褐色的双眸中闪过一丝恐惧，"迈尔斯！等等！这个女人没毒死过任何人吧？"

"我亲爱的玛丽安，"史蒂夫说，"请你告诉我，她是毒死了人，枪杀了人，或是用火钳打了一个老人的头，这又有什么区别？重点是——"

"等一下，"迈尔斯低声打断了史蒂夫。他尽量保持镇静慎重，控制住自己的脉搏。"我没说这个女孩是个杀人犯。正相反，如果我对人性还算有判断力的话，她肯定不是那种人。"

"那当然了，亲爱的。"玛丽安用溺爱的语气附和他，然后倾身靠前，从茶具上方伸过胳膊，拍了拍他的手。"我敢说你一定对此深信不疑。"

"见鬼，玛丽安，你能不能别在这种事上怀疑我的动机？"

"迈尔斯！"玛丽安咋咋舌头，与其说是因为迈尔斯失礼，不如说是习惯使然，"我们在公共场所呢。"

"对啊，"史蒂夫附和道，"最好小声一些，老兄。"

"好吧，好吧！只是……"

"嘿！"玛丽安安抚他，一边熟练地倒茶，"喝茶，尝尝这个蛋糕。怎么样，味道如何？迈尔斯，你那位有趣的女士，你说她多大年纪来着？"

"大概三十岁出头吧。"

"她是图书管理员？为什么政府的劳工介绍所还没有给她安排工作？"

"她最近刚从法国被遣返。"

"法国？真的吗？不知道她有没有带一些法国香水回来？"

"现在回想起来，"其实迈尔斯记得很清楚，"今天早上她确实喷了香水。我碰巧注意到了。"

"我们想听听她的过去，迈尔斯。时间还很充裕，我们可以留一杯茶给她，万一她很快就出现的话。她没用毒药吗？你确定？史蒂夫，亲爱的，你怎么不喝茶！"

"听着！"史蒂夫终于用充满威严的声音要求发言。

他从桌上拿起烟斗，摆弄了两下，大头朝上塞进胸前的口袋里。

"我无法理解的是，"他抱怨道，"这件事是从哪儿冒出来的。他们难道把杀人犯关在谋杀俱乐部里吗？好了，迈尔斯！别摆架子了！我喜欢把事情理得一清二楚，仅此而已。那位女士把书整理完要花多长时间？一个星期？"

迈尔斯对他咧嘴一笑。

"若想好好给图书编目，史蒂夫，就要给所有旧书做交叉索引。这需要两三个月。"

连玛丽安都一副吃惊的表情。

"好吧，"史蒂夫停顿了一下，嗫嚅地说道，"迈尔斯要做的事，谁也拦不住。那就这样吧。但我今晚不能和你们一起回灰林小筑了……"

"你今晚不回去？"玛丽安叫了起来。

"亲爱的，"史蒂夫说，"在出租车上我就一直想告诉你，但你沉默得令人肃然起敬——办公室里又出现危机了。明天早上就能处理完。"他犹豫了片刻，"只有你们两个跟这位有趣的女士一起过去，没问题吧？"

一阵短暂的沉默。

接着，玛丽安哈哈大笑起来。"史蒂夫！你真是个傻瓜！"

"是吗？好吧。看来我确实是个傻瓜。"

"费伊·西顿能对我们做什么？"

"我不认识这位女士，所以不敢妄言。大概什么也做不了吧。"史蒂夫摸了摸他的小胡子，"只是——"

"喝你的茶，史蒂夫，别那么古板。有人帮我收拾房子，我高兴还来不及呢。迈尔斯说他要雇一个图书管理员时，我还以为会是一个留着长长白胡子的老头儿呢。对了，我要让她睡我的卧室，这样我就有借口搬到一楼那间华丽的屋子里了，就算那里还散发着油漆味也没关系。宣传部的工作真是烦人，不过就算你不在，那位女士也不至于一晚就把我们俩吓死。你明早坐哪一趟火车？"

"九点半的。你别乱搞厨房的锅炉，等我回去了再说。别去管它，听到了吗？"

"我可是个尽职的准新娘，史蒂夫。"

"尽职个鬼。"史蒂夫说，他并没强调什么，语气里也没有怨恨，他只是简单地陈述事实。在未婚妻的好言安慰之下，他显然已经回到了正常状态，抛开了关于费伊·西顿的话题。"对了，迈尔斯，你一定要让我也见识一下这个谋杀俱乐部的聚会！他们到底做些什么？"

"这是个晚餐俱乐部。"

"你是说，你们假装盐瓶里装着毒药？是这类游戏吗？在不被发现的情况下，把盐撒进别人的咖啡里就算得分了？好啦，老兄，别生气嘛！我现在就得走了。"

"史蒂夫！"玛丽安用她的哥哥再熟悉不过的声调叫住了未婚夫，"我忘了一件事。我可以和你说几句吗？我们失陪一下，迈尔斯！"

背地里议论他，嗯？

迈尔斯瞪着桌子，假装自己毫不知情，这时，玛丽安和史帝夫一起朝门口走去。玛丽安压低声音，热切地说着什么。史帝夫耸耸肩，笑着戴上帽子。迈尔斯喝了一口逐渐变凉的茶。

他有种不自在的感觉，怀疑自己出丑了。他显然失去了幽默感。为什么呢？后来他才意识到这个问题的真正答案。这是因为他害怕自己会在自己家中失去控制大局的力量。

收银台"叮"地响了一声；窗外传来火车咔嚓咔嚓的声响；扩音器中模糊的广播声把他的思绪叫回了滑铁卢车站。迈尔斯告诉自己，刚才那个转瞬即逝的念头——那一阵强烈的寒意触动了他的心绪——都是胡思乱想。他又对自己强调了一遍，不禁笑出声来。玛丽安回来时，他觉得自己精神好多了。

"抱歉，玛丽安，我刚才脾气不太好。"

"哎呀亲爱的哥哥！"她挥挥手，表示小事不值一提，然后用劝诱的眼神望着他，"现在只有我们两个人了，迈尔斯，快把其中的故事都告诉你妹妹。"

"没什么好说的！我见到了这个女孩，我挺喜欢她的言行举止，我确信她遭人诽谤了……"

"但你没诉她，你知道她的事？"

"只字未提。她也没提过。"

"她肯定向你出示推荐信了吧？"

"我没向她要推荐信。你为何这么感兴趣？"

"迈尔斯啊迈尔斯！"玛丽安摇摇头，"几乎没有哪个女人能抵挡你那种查理二世般的悠闲风度，尤其是你自己完全没有意识到的时候。快别绷着身子了，看起来像个老古板！我只要一关心你的福祉，你就这副样子！"

"我的意思是，你别总想着分析别人的性格——

"听说有个女人能如此引起你的注意，我自然很感兴趣！"玛丽安的眼神稳稳地注视着他，"她到底惹上了什么麻烦？"

迈尔斯的目光在窗外徘徊。

"六年前，她去了沙特尔，给一个名叫布鲁克的富有皮革商当私人秘书。然后，她跟这家的儿子订婚了……"

"哦。"

"……一个神经质的年轻人，名叫哈利·布鲁克。后来好像起了什么争执。"迈尔斯的内心被这些话噎住了。他真的无法告诉玛丽安，霍华德·布鲁克当时决定花钱收买这个女孩。

"什么样的争执，迈尔斯？"

"没人知道，至少我不知道。一天下午，那位父亲爬上了一座塔的顶部。那座塔是这个地区的标志性建筑。然后……"迈尔斯突然打住了，"对了，你不会对西顿小姐提这些吧？你可不能用任何暗示来嘲笑她，知道吗？"

"你觉得我会这么不得体吗，迈尔斯？"

"那是一个电闪雷鸣的糟糕的雨天，塔顶的场景就像出自一个德国鬼怪故事。布鲁克先生被人刺穿了背部，用的还是他自己的剑杖。不过最惊人的部分还在后面，玛丽安。证据表明他死时必定是孤身一人。没有人靠近他，也没有人能靠近他。这桩谋杀案——如果真是谋杀的话——似乎是由一个可以不依靠支撑而飞在空中的人犯下的……"

他又停了下来。因为玛丽安正睁大眼睛，用一种古怪的、探索性的目光打量着他，眼看就要笑出声来。

"迈尔斯·哈蒙德！"她感叹道，"是谁往你脑袋里塞了这种胡话？"

"我只是陈述了警方正式调查中确认的事实。"他从牙缝里挤出了这句话。

"好吧，亲爱的。不过这些都是谁告诉你的？"

"爱丁堡大学的利高教授。学术界的杰出人士。你一定听说过他那本《卡廖斯特罗的一生》吧？"

"没听过。卡廖斯特罗是谁？"

（这是怎么回事？迈尔斯经常思考这样一个问题：在与自己的家人讨论问题时，为什么你往往会大发脾气？而同样的答案如果是外人给出的，你的反应会温和得多，甚至被对方逗乐。）

"卡廖斯特罗伯爵，玛丽安，他是十八世纪一位著名的巫师、江湖骗子。利高教授认为，卡廖斯特罗虽然在很多方面都是个十足的骗子，但他确实拥有某种特异功能……"

他第三次努力控制自己的脾气。玛丽安发出起哄的欢呼声。迈尔斯听到了自己的声音和语气是什么样子，幸好他还有足够的分寸感，意识到自己应该注意措词。

"是的，"他承认，"听起来挺可笑的，不是吗？"

"确实可笑，迈尔斯。这种事我要亲眼见到才会相信。但是别解释什么卡廖斯特罗伯爵了。你真是会吊人胃口，快告诉我这个女孩的事！她是谁？她是什么样的人？她能如何影响别人？"

"这些问题你可以自己找答案，玛丽安。"

迈尔斯站起身来，眼睛始终凝视着窗外。他正盯着月台大门对面的一个绿色标志。在这个标志旁边，旅客们已经开始三三两两地走来走去，准备搭乘五点半的火车去往温彻斯特站、南安普敦中央车站和伯恩茅斯站。迈尔斯从容地朝那个方向点点头。

"她已经来了。"

第七章

灰蒙蒙的暮色笼罩着新森林中的灰林小筑。这天晚上发生的事，人们将会记得很清楚。

在南安普敦的汽车主干道外，又有一条分岔的道路。沿路进入高耸的绿林深处，可以看到林中的小马在道旁吃草。再行驶片刻，在一扇宽大的木门处向左转，顺着一条光线即使在正午也昏暗的砾石小路开下去，驶上一座乡村小桥，桥下是蜿蜒流过庄园的小溪，灰林小筑就近在眼前——它坐落在一片碧绿的草场之中，周围环绕着山毛榉和橡树。

这座建筑狭长，规模不大，当你穿过那座古朴的小桥时，正好能望见它狭窄的侧面。你必须爬上几层石砌台阶，绕过一片铺石板的露台，走到宅子的侧面，然后才能到达正前门。宅子是砖木结构的，在夕阳与森林映衬下，棕白相间的色彩格外显眼。它令人觉得亲切，像被魔法触碰过。

今晚有一两扇窗户亮着灯。那是石蜡手提灯，因为在查尔斯·哈蒙德爵士生活的时代，发电厂还没有修建好。

随着凉爽的暮色变沉，灯光显得更亮、更黄，更加摇曳闪烁。现在可以觉察到微缩水坝上的水花如丝般飞溅，而白天几乎无人注意。暮色模糊了花园秋千的轮廓，柳条椅秋千上搭着明亮的顶篷，旁边配有一张茶桌，摆在开阔的草坪上，面朝西，对着小溪的弯曲处。

迈尔斯·哈蒙德站在宅子后侧的一个狭长房间里，把一盏灯高举过头顶。

"这没什么。"他自言自语，"我把她带到这里来并不是一个错误。没事的。"

但他心里知道并不是这样。

那盏小提灯的火焰，在那小小的圆柱形玻璃灯罩中闪耀，给这个尘封的书本世界投下阴影。当然，把这个地方称为图书馆是有些用词不当。这是一间书房、一个仓库、一个极长的尘土堆，积尘之下是他已故叔父的两三千本书。陈旧的书、破损的书，崭新的书、闪亮的书，四开本、八开本和对开本的书，装帧华美的书和皱皱巴巴的书：它们散发出的霉味令人兴奋，这是一座几乎没被人碰过的宝库。

书架一直顶到天花板上，通往餐厅的门甚至就嵌在书架中，那排朝东的小窗户也被书架包围了。书就放在地板上——一排排、一堆堆、一座座高低错落的书之塔。这是一片迷宫，其中的小径狭窄得让人无法动弹，稍不小心就会撞倒书堆，掀起一股飘扬的尘土。

"这没什么！"他激烈地大声说道。

门开了，费伊·西顿走了进来。

"是你叫我吗，哈蒙德先生？"

"叫你，西顿小姐？没有啊。"

"对不起。我好像听到你在叫我。"

"我一定是在自言自语，但你可能会有兴趣过来看看这一团糟。"

费伊·西顿站在门口，两边堆放着色彩鲜艳的书本。她高挑，温柔，苗条，头微微歪向一边。她手里提着一盏石蜡灯；当她举起提灯，照亮自己的面庞时，迈尔斯震惊了。

在白天，在伯克雷酒店和后来的火车旅行中，她看起来……并不比真实年龄更老，也不算缺乏魅力……但与他脑海中的形象相比，有些微妙的、令人不安的不同。

而现在，在柔和的光晕之中，在这人造光源之下，昨晚照片中的那个倩影似乎第一次活了过来。她举灯环顾四周，迈尔斯对她的双眸、面颊和朱唇都只有短暂的一瞥。但从那冷淡的面容和礼貌的微笑中流露出一种消极的神情，困扰着他的判断。

迈尔斯举起自己手中的灯，两个人的光芒碰撞在一起，像一场颤巍巍的影子游戏，缓慢而狂野，投映在排满书籍的墙壁上。

"这里可真是一团糟，你说呢？"

"远不像我想象的那么糟。"费伊回答。她说话时声音很低，也很少抬眼。

"我还没来得及打扫干净尘土。"

"没关系，哈蒙德先生。"

"如果我没记错的话，叔父买了一个卡片索引柜和一大堆空白索引卡。但他从没做过任何编目工作。应该就在这堆乱七八糟的东西里。"

"我应该能找到的，哈蒙德先生。"

"我妹妹——嗯——为你安排得还算妥当吗？"

"哦，很好！"她对他笑了一下，"哈蒙德小姐想搬出她楼上的卧室，"她朝图书馆天花板点头示意，"让我搬到那里去。但我不能让她这么做。总之，我非常希望睡在一层。你不介意吧？"

"介意？当然不介意了！你不进来吗？"

"谢谢你。"

地板上的书堆高低错落，有的仅齐腰，有的堆到胸口。费伊顺从地向前走去，带着她那种超乎寻常的、无意识的优雅。她在书堆之间侧过身，那件相当破旧的鸽子灰色连衣裙几乎没碰到书本。她把小提灯放在一堆对开本上，扬起一阵尘土。她又环顾四周。

"看起来很有趣。"她说，"令叔父对什么领域感兴趣？"

"他几乎对一切事物都有兴趣，专长是研究中世纪历史。但他也热衷于考古、体育、园艺和象棋。甚至连犯罪和——"迈尔斯突然打住了，"你确定你在这里待得舒服吗？"

"哦，我很好！哈蒙德小姐——她让我称呼她玛丽安——对我非常亲切。"

可不是嘛，迈尔斯暗忖，她已经亲切一下午了。在火车上，以及后来她和费伊在大厨房里准备便饭时，玛丽安一直喋喋不休地说个没完，客人几乎要被她的口水淹没了。然而熟知妹妹心性的迈尔斯，反倒觉得很不安。

"抱歉，家里没有用人。"他对她说，"不管是靠金钱还是爱，都没法在这个地方雇到用人。至少我们这样初来乍到的人是雇不到的。我并不想让你觉得……"

她用不以为然的语气回答："可我还挺喜欢这样的。挺舒服。只有我们三个在这里。这可是新森林啊！"

"确实。"

费伊有些迟疑，带着同样摇曳的优雅，慢慢穿过书堆，走到东墙上的一排小窗旁边，窗框四周都是书架。留在原处的提灯投射出她细长的影子。有两扇窗开着，撑在窗钩上，像小小的门。费伊·西顿双手扶着窗台，向外望去。迈尔斯高高举起自己的提灯，笨拙地走到她身边。

天色还不是很黑。

一片几英尺长的草坡上方是另一片开阔的草地，四周环绕着凌乱的铁栅栏。空地之外是遥远神秘的灰色，在那不真实的光线映照下逐渐变黑，幽深的森林仿佛正向他们逼近。

"这片森林有多大，哈蒙德先生？"

"大约十万英亩。"

"有那么大？我还没意识到……"

"很少有人意识到。如果你走进那边的森林，在里面迷了路，徒劳徘徊数小时，人们就不得不派搜寻队去找你。英国面积狭小，所以这听起来很荒谬，但我叔父经常对我说，此类事件曾一再发生。我初来乍到，也不敢冒险走得太远。"

"对，当然不应该走太远。森林看起来……我不知道该如何形容……"

"充满魔力？"

"差不多吧。"费伊的肩膀动了动。

"你看到我手指的那个地方了吗，西顿小姐？"

"怎么了？"

"从那儿再走一小段，就是'红王'威廉·鲁弗斯①外出打猎时被一箭射死的地方。现在那里有一座铁质的怪物雕像作为标记。还有——你知道《白衣纵队》②吗？"

她迅速地点了点头。

"今晚月亮升得很晚。"迈尔斯说，"但合适的日子很快就会到来，你和我——当然还有玛丽安———定要借着满月的月光在

---

① 威廉·鲁弗斯，指英国国王威廉二世，1087—1100 年在位。
② 《白衣纵队》，阿瑟·柯南·道尔的长篇历史小说。

新森林里散步。"

"那真是太好了。"

她仍然倾身向前，手掌平放在窗台上。她点点头，好像没太听见他说话似的。迈尔斯站得离她很近。他可以俯视她肩膀柔和的线条，脖颈洁白的肌肤，还有在灯光下闪耀的浓密的深红色头发。她用的香水味道很淡，但与众不同。迈尔斯开始意识到她的身体近在咫尺，这令他心烦意乱。

也许她也意识到了这一点，因为她突然以她那种低调的姿态从他身边走开，穿过书堆，回到刚才放提灯的地方。迈尔斯也猛地转过身去，凝视窗外。

他能在窗玻璃上看到她的倒影，宛若幽灵。她拿起一份旧报纸，抖落上面的灰尘，展开报纸，铺在一堆书上。然后她在小提灯旁坐了下来。

"小心。"他头也不回地提醒道，"会弄脏衣服的。"

"没关系。"她始终垂着眼睛，"这里真不错，哈蒙德先生。我猜空气一定很好吧？"

"空气好极了。今晚你会睡得像死人一样。"

"你入睡有困难吗？"

"是的，有时候。"

"令妹说你一直病得很厉害。"

"现在已经没事了。"

"因为战争吗？"

"是的。在坦克部队里柴油中毒了，病得奇特而痛苦，毫不英勇。"

"哈利·布鲁克一九四四年死在了敦刻尔克。"费伊说道，语气丝毫没有改变，"他加入了法国陆军，是负责与英军沟通的联络官，因为他会说两种语言。后来在敦刻尔克大撤退中阵亡。"

在晴天霹雳般的寂静中，迈尔斯的耳朵似乎在嗡嗡作响。而费伊·西顿的声音却一成不变。他站在原地，凝视着窗玻璃中她的倒影。接着她又说："你对我的事了如指掌，是不是？"

迈尔斯把提灯放到窗台上，因为他的手在颤抖，他感到心口一紧。他转过身来面对她。

"是谁告诉你的……？"

"令妹暗示过。她说你感伤阴郁，很有想象力。"

（好你个玛丽安。）

"哈蒙德先生，你真是位正派的绅士，不问一句话就愿意把这个职位交给我。我的境况真是糟糕透了。他们差点儿把我送上断头台，你知道的，理由是我谋杀了哈利的父亲。但你不觉得应该听听我的说法吗？"

长久的停顿。

一阵抚慰人心的清风从窗口吹进来，与旧书的霉味混杂在一起。迈尔斯用眼角余光注意到一缕黑色蛛网在天花板上摇晃着。他清了清嗓子。

"此事与我无关，西顿小姐。我也不想让你不悦。"

"这不会令我不悦。真的，完全不会。"

"但你不会感到……"

"不，现在不会了。"她用奇怪的语气说道。那双蓝眼睛转向了一侧，眼白部分在提灯的映照下晶莹剔透。她把一只手放在胸口，使劲按下去。白皙的肤色与那件灰色丝质连衣裙形成鲜明的对比。"自我牺牲。"她说。

"什么？"

费伊·西顿喃喃地说："如果我们可以牺牲自己，我们真会那样做吗？"她沉默了良久，那双眼距很宽的蓝眼睛毫无表情，只是低垂着。"原谅我，哈蒙德先生，但我想知道是谁告诉你这件事的。"

"利高教授。"

"哦。是乔治·利高。"她点点头，"我听说他在德国占领期间逃离了法国，并在英国的大学里谋了一个差事。我问起这个，是因为令妹不太确定。不知怎么，她似乎认为你的消息来自卡廖斯特罗伯爵。"

两人都笑了起来。迈尔斯庆幸有个开怀大笑的借口，庆幸能用声嘶力竭的笑来释放自己的情绪；但在高耸的书墙下，笑声带上了莫名其妙的诡异气息。

"我没有杀布鲁克先生，"费伊说，"你相信我吗？"

"相信。"

"谢谢你，哈蒙德先生。我……"

（老天啊，迈尔斯心想，我真想听听你的说法！继续！说吧！说出来！）

"我去法国，"她低声讲述，"给布鲁克先生当私人秘书。我谈不上'有经验'。"她把目光移开，停顿了片刻。

迈尔斯点点头，没有说话。

"我在那里过得非常愉快。布鲁克一家人都很和气，至少我是这么感觉的。我……嗯，你可能听说我爱上了哈利·布鲁克。我真的爱上了他，哈蒙德先生，从一开始就爱上了。"

迈尔斯的问题，一个他本来不想问的问题，竟脱口而出："但在哈利第一次求婚时，你拒绝了他？"

"我拒绝了吗？是谁告诉你的？"

"利高教授。"

"哦，这样啊。"（她像是被逗乐了？眼中似乎透出奇怪、隐秘、不愿为人知的笑意？还是说，这都是他想象出来的？）"不管怎样，哈蒙德先生，我们确实订婚了。我觉得当时很幸福，因为我一直很重视家庭。我们正在为未来做计划，就在那时，有人开始散布关于我的流言。"

迈尔斯感到喉咙发干。"什么样的流言？"

"哦，说我伤风败俗。"她光洁的面颊染上了淡淡的红晕，但还是一直垂着眼帘，"还有其他流言，"费伊半笑着说，"实在是太荒唐了，不值一提。当然了，这些闲话从来没传进我的耳朵里。但布鲁克先生一定已经听了好几个星期了，尽管他什么也没说。首先，我想一直有人给他寄匿名信。"

"匿名信？"迈尔斯惊叫。

"是的。"

"利高教授根本没提到这一点！"

"也许根本没有什么信。那——那只是我自己的猜想。家里的气氛非常紧张：不管是用餐时，傍晚休息时，还是在书房里为布鲁克先生听写时。就连布鲁克太太也察觉到出了问题。然后就是那个可怕的日子，八月十二日，布鲁克先生死了。"

迈尔斯·哈蒙德后退两步，撑起身子坐在宽阔的窗台上，眼睛始终没有离开她。

小提灯的火焰清澈地燃烧着，撒下的阴影纹丝不动。但在迈尔斯的脑海中，这间长长的图书室已经被抛到了九霄云外。他再次置身于沙特尔城外的厄尔河畔，远处是一座名叫波尔加德的别墅，石塔就矗立在岸边。旧日重现。

"那天真是热啊！"费伊摇了摇肩膀，恍如在梦境之中，"那么潮湿，雷声隆隆，但热得不行！早饭后，布鲁克先生私下问我，下午四点左右能否在亨利四世之塔与他碰面。当然，我做梦也没想到他会去沙特尔的里昂信贷银行，取出那著名的两千英镑。

"我在将近三点时离开了宅子，就在布鲁克先生从银行回来之前，他的公文包里装着那笔钱。你看，我可以告诉你……哦，后来我反复跟警察这么说！……一直都是这么说的。我本来想去河里游泳，所以还带了一套泳装。但我只是沿着河岸闲逛。"

费伊停顿了一下。

"当我离开那栋房子时，哈蒙德先生——"她发出一声奇怪的、遥远的笑声，"家里看起来还很平静。乔治娜·布鲁克，哈利的母亲，正在厨房里和厨子说话。哈利在楼上的房间里写信。哈利——可怜的人儿！——他每周都会给英国一位叫吉姆·莫雷尔的老朋友写信。"

迈尔斯坐直了。

"等一下，西顿小姐！"

"怎么了？"此时她终于抬起了眼睛，受惊的蓝色眸子快速地瞥了他一眼，像是突然感到疑惑。

"这位吉姆·莫雷尔，"迈尔斯问，"是不是和一位叫芭芭拉·莫雷尔的女孩有亲戚关系？"

"芭芭拉·莫雷尔，芭芭拉·莫雷尔。"她重复了几遍，脸上的兴趣转瞬即逝，"我好像从没听说过这么个女孩。你为什么这么问？"

"因为……只是随便一问！没什么要紧的。"

费伊·西顿抚了抚裙子，好像在认真地琢磨该如何开口。她似乎觉得这是一件需要小心处理的事。

"我对这桩谋杀案一无所知！"她大声说道，带着一种微妙的固执，"事后我一遍又一遍地对警察这么说！将近三点时，我出门沿着河岸散步，一直向北走，走到了比石塔更远的地方。

"你肯定已经听说了这段时间里发生的事。布鲁克先生从银行回家，要找哈利。可哈利当时在车库，不在他的房间里。然后布鲁克先生慢慢走了出去，要去赴和我的废塔之约——他提前出门了，真的提前了很长时间。不一会儿，哈利得知了父亲要去的地方，便抓起雨衣跟在布鲁克先生后面。布鲁克太太给乔治·利高打电话，利高开着自己的车到了波尔加德。

"三点半——当时我看了手表——我散步回石塔，走了进去。我听到从塔顶方向传来说话声。在我开始爬台阶时，我听出那是哈利和他父亲的声音。"

费伊抿了抿嘴唇。她的语调变化微妙，在迈尔斯看来，她似乎惯常于诚恳却滑稽地使用一连串她已反复说过的词语。

"不，我没听清他们在说什么。因为我不喜欢那种不愉快的气氛，所以我不愿意留在那里。我走出石塔时遇到了利高先生，他正要进去。后来……哎！我最后还是去泡了一会儿。"

迈尔斯瞪着她。"去河里游泳了？"

"我感到又热又累。我觉得那样能让我凉爽一些。我像许多人一样，在河边的树林里脱了衣服。那里离石塔很有一段距离。在塔的北边，河的西岸。我在清凉的水中游泳，漂浮，做梦。直到差一刻五点，我开始往回走，才发现不对劲。石塔周围人声鼎沸，人群中还有警察。哈利走到我跟前，伸出双手，他说：'天哪，费伊，爸爸被人杀了。'"

她的声音渐渐消散。

费伊伸手遮住眼睛，也遮住了她的脸。当她再次看向迈尔斯时，带着一种充满渴望与歉意的微笑。

"见笑了。"她说着，把头稍稍歪了一下。昏黄的灯光在她发丝上泛起涟漪，"你看，我又经历了一遍。孤独的人有这种习惯。"

"是的。我知道。"

"我就知道这么多，真的。你有什么想问的吗？"

迈尔斯感到极度不适，他摊开双手。"我亲爱的西顿小姐！我不是像公诉人一样来审问你的！"

"也许你不是。但是，倘若你有任何疑问的话，我宁愿你问个清楚。"

迈尔斯犹豫了一下。

"警察对我只能提出一项疑点，"她说，"就是我去游泳了。我当时在河里。而石塔临河那一侧的情况没有任何人看见。没人知道谁曾靠近那里，谁不曾。当然，若认为一个穿着泳衣的人真的能爬上四十英尺高的光滑石壁，这是非常荒谬的。他们最终不得不承认这一点。但与此同时……"

费伊微笑着，好像此事现在已经无关紧要了，但她站起身时仍在微微颤抖。她在齐腰高的书堆中慢慢向前走来，好像是一时冲动，来不及思考。她的头仍略略偏向一侧。她的双眸和朱唇有一种被动的温柔，一种甜美，直达迈尔斯的心。他从窗台边跳了下来。

"你真的相信我吗？"费伊哀求，"说你相信我！"

第八章

　　迈尔斯对她微笑。"我当然相信你！"

　　"谢谢你，哈蒙德先生。只是我觉得你似乎有些怀疑，只有一点点——该怎么说呢？"

　　"并不是怀疑。只是利高教授的讲述半途中断了，所以有些事一直在折磨我。警方对整件事的看法是怎样的？"

　　"他们最终认定是自杀。"

　　"自杀？"

　　"是的。"

　　"为什么？"

　　"我想大概是因为，"费伊扬起纤细的眉毛，神态胆怯又异想天开，"他们找不到其他解释。这样的判决能挽回他们的颜面。"她犹豫了一下，"听说剑柄上只有布鲁克先生的指纹，这是真的吗？"

　　"是真的。我甚至亲眼见到了那邪恶的玩意。"

　　"警方的外科医生波玛大夫是一位和蔼风趣的小个子男人，他一想到判决结果，几乎就要大发雷霆。他给出了一些技术细节，虽然我不太理解，但那些细节表明伤口的角度几乎不可能是自杀造成的，除非布鲁克先生握着的是剑刃而不是剑柄。即便如

80

此……"她耸起肩膀。

"等一下！"迈尔斯抗议道，"据我所知，装钱的公文包不见了？"

"是的。确实如此。"

"如果他们认为没人爬上塔顶刺伤布鲁克先生，那要怎么解释公文包不见了呢？"

费伊把目光从他身上移开。

"他们认为，"她答道，"布鲁克先生在临死前的惊厥状态中，把公文包从护墙上扔到河里去了。"

"他们在河里搜寻过吗？"

"搜寻过。案发后立刻就搜查了。"

"没找到？"

"当时没找到……后来也再没找到。"

费伊低着头，双眼盯着地板。

"他们已经尽力找了！"她轻声叫喊道，指尖拂过书本，在尘土上留下了印记，"战争爆发后的第一个冬天，这件事轰动了法国。可怜的布鲁克太太在那个冬天去世了；他们说她死于悲伤过度。而哈利，我已经对你说了，他在敦刻尔克大撤退中丧生。

"然后德国人就来了。他们总是乐于报道耸人听闻的谋杀案，尤其是牵涉到女人不道德行为的谋杀案。德国人相信这样可以娱乐法国民众，使他们不再制造事端。哦，他们要确保大众的好奇心不会消散！"

"这么说来，"迈尔斯问道，"德军入侵期间你被困在了法国？你没赶在那之前回英国吗？"

"没有，"费伊回答，"我没有颜面回来。"

迈尔斯转过身去，背对着她，举起拳头狠狠敲击窗台。

"关于这桩案件，我们已经谈得够久了。"他说道。

"别这样！完全没关系的。"

"当然有关系！"迈尔斯严肃地盯着窗外，"我在此郑重向你保证，这件事到此为止。我以后再也不会提起。我再也不会问你任何相关的问——"他突然打住，"那么，你没嫁给哈利·布鲁克吧？"

小窗格里的玻璃被提灯照得很亮，他看见倒影中的她笑起来，然后才听到笑声。他看见费伊把头和肩膀向后仰去，看见她那苍白的喉咙上下起伏。她闭上眼睛，僵硬地伸出双臂，发出近乎歇斯底里的笑声。那笑声像哽咽，又像抽泣，在安静的图书室里回荡。这位向来被动的姑娘竟然爆发出如此激烈的情绪，叫他目瞪口呆。

迈尔斯转过身来。一股同情心和保护欲的浪潮涌过全身，渗透到他的内心深处。这种感受危险地接近于爱，击中了他的神经。他跌跌撞撞地朝她走去，张开双臂。他撞翻了一堆书，"咚"的一声，尘埃在昏暗的灯光下飞扬起来。就在此时，玛丽安·哈蒙德推门走了进来。

"你们两个，"玛丽安充满常识的声音一下子切断了情绪的丝线，"你们两个知道现在几点了吗？"

迈尔斯一动不动地站着，呼吸急促。费伊·西顿也一动不动地站着，表情一如既往的平静。刚才的情感爆发可能是玻璃中见到的幻觉，或是梦里听到的呓语。

然而，即便是目光炯炯、神采奕奕的玛丽安似乎也感到紧张。

"快十一点半了，"她继续说，"就算迈尔斯想和平时一样熬夜，我也得保证我们大家都有足够的睡眠。"

"玛丽安，看在上帝的……"

玛丽安对他低声说道："你别这么暴躁，迈尔斯。""你能想象吗，"她又对费伊说，"他怎会对世上的每一个人都同情心泛滥，唯独对我却像头十足的野兽？"

　　"我想大多数男士对姊妹都是这样的。"

　　"对。也许你说得对。"苗条而结实、一头黑发的玛丽安系着围裙，带着厌恶和不信任的神色在书堆里挪动。她拿起费伊的提灯，坚定地把灯塞进客人手里。

　　"你给我的礼物真是可爱，我非常喜欢，"她神秘兮兮地对费伊说，"我也要送你一件东西作为回报。没错，礼尚往来！一件装在盒子里的东西！就在楼上我的房间里。你赶紧上去看看吧，我片刻之后就去找你，然后我就直接送你下来睡觉。你知道从哪儿上楼吧？"

　　费伊举起灯，对她回以微笑。"我知道。我应该已经熟悉这栋房子了。你对我真是太好了……"

　　"别客气了，亲爱的！快去吧！"

　　"晚安，哈蒙德先生。"

　　费伊回头看了迈尔斯一眼，关上门，走了出去。只剩下一盏灯，玛丽安站在一片昏暗中，迈尔斯看不清她的脸。然而即便是局外人也能意识到，一种情绪，一种危险的情绪，已在这栋房子里聚集起来。玛丽安温和地开口："迈尔斯，哥哥！"

　　"嗯？"

　　"这太过分了，你知道的。"

　　"什么太过分了？"

　　"你知道我的意思。"

　　"正相反，亲爱的玛丽安，我完全不知道你在说什么。"迈尔斯大声吼出了这句话，带着一种自负的、装模作样的态度。他意识到了这一点，他也知道玛丽安意识到了这一点，他开始为此生气，"难道你一直在门口偷听？"

"迈尔斯，别这么幼稚！"

"这句评价相当冒犯人，你不该解释一下吗？"他大步向她走去，踢得书本乱飞，"我想，其实你是不喜欢费伊·西顿吧？"

"这你就说错了。我还挺喜欢她的！只是……"

"只是什么？继续说。"

玛丽安显得十分无助，她举起双手，又把手搭在围裙上。

"你在生我的气，迈尔斯，因为我很讲求实际，而你不是。我生性如此，我也没办法。"

"我并不因此批评你，你又为什么要批评我？"

"这是为你好，迈尔斯！甚至史蒂夫——老天啊，迈尔斯，我多么爱史蒂夫——"

"史蒂夫对你来说应该够实用的了。"

"在他那撇胡子和慢条斯理的脾性之下，史蒂夫既神经紧张又浪漫主义，有些像你。也许所有男人都是这样。我不知道。但是，史蒂夫更乐于受人指挥，而你在任何情况下都不听他人发号施令……"

"对，我就是不听！"

"……即便是好言相劝你也不听。你必须承认，这执拗的性子真是愚蠢。算了，我不想跟你吵架！对不起，我不该提起这个话题。"

"听着，玛丽安。"他控制住情绪，一字一句说得很慢，而且对自己所说的每一个字都深信不疑，"我对费伊·西顿没有什么深刻的个人兴趣，如果你是这么想的，我要澄清。我只对这桩谋杀案有学术上的兴趣。有个男人被杀死在一座塔顶上，但没有人，没有任何人可能靠近他——"

"好吧，迈尔斯。睡前别忘了锁门，亲爱的。晚安。"

当玛丽安向门口走去时，他们之间有一阵紧张的沉默。这让迈尔斯觉得厌倦恼火，觉得过意不去。

"玛丽安！"

"怎么了，亲爱的？"

"不生我的气吧，妹妹？"

她的眼睛眨了一下。"当然啦，笨蛋！而且从某个角度来说，我确实喜欢你那位费伊·西顿。只是，迈尔斯，至于你说的飘浮杀人犯和能在空中行走的生物——我得亲眼看见才能相信，仅此而已！"

"玛丽安，我有一个纯粹出于科学兴趣的问题：如果你真的亲眼看见了，你会怎么做？"

"哦，我不知道。用左轮手枪朝对方射击吧，我想。迈尔斯，一定记得锁门，别把所有门都敞开着就到森林里去游荡。晚安！"

门在她身后关上了。

玛丽安离开了，之后的片刻时间里，迈尔斯心绪翻涌，呆呆地站在原地。然后他机械地把撞翻的书捡起来，放回原处。

这些女人到底对费伊·西顿有什么意见？比如前一天晚上，芭芭拉·莫雷尔几乎是在警告他要提防费伊，不是吗？芭芭拉的行为举止中有许多他无法解释之处。他能肯定的只有一点：她的情绪很不安。另外，费伊说她不认识芭芭拉·莫雷尔；虽然费伊以一种尖锐的、暗示的语气强调了一个同姓之人的名字……

"吉姆·莫雷尔。"就是这个名字。

该死的谜题！

迈尔斯·哈蒙德又一次一跃坐到窗台上。他向身后看去，新森林的阴暗形状一直延伸到离房子不到二十码的地方。他凝视着它的黑暗，呼吸着它的芬芳，就像发烧时在用镇静剂。于是，他推开一盏摇晃的窗灯，滑出窗去，跳到外面。

迈尔斯吸入那带着露水气息的朦胧，整个肺部仿佛都轻盈起来。他爬上那片草坡，踏上斜坡与森林之间的空地。在他下方几英尺就是房子狭长的一面，他可以看到图书室、黑着灯的餐厅、亮着微光的起居室，最后是黑漆漆的会客厅。灰林小筑的其他房间大多是卧室，没怎么使用过，维护得很差。

他仰起头看向左边。玛丽安的卧室位于房子狭长方向的尽头，就在图书室的上方。卧室朝东的窗户——也就是现在对着迈尔斯的那一扇——拉着窗帘。但朝南的几扇后窗发出昏暗的黄光，正对着另一侧环绕的树林。光线照在树木上，他可以看清窗影的轮廓。虽然迈尔斯并不能直接看见那几扇窗，但那黄色的光线用眼角的余光就一览无余。就在他继续观察的时候，一个女人的身影慢慢地从窗边走过。

是玛丽安吗？还是费伊·西顿在离开前跟她道别？

怎样都好！

迈尔斯喃喃自语，转身向北走去，房子的正面在那个方向。有些冷，他至少应该带一件雨衣。但周遭寂静如歌，将升的月亮从树后投来一个皎洁的黎明，这立刻使他感到宽慰和振奋。

他走到灰林小筑前面的空地上。面前就是那条小溪，上方是那座古朴的小桥。迈尔斯走到桥上，凭栏而立，听着夜间流水的低语。他在那里站了大约二十分钟，陷入沉思，一张面孔不断浮现于脑海。这时，一辆汽车的颠簸声打断了他的思绪。

那辆车正沿着林中大路行驶，接着便颠簸着在碎石上停下。

两个男人从车里走出来，一人拿着手电。当两人朝小桥走来时，迈尔斯可以看到其中一人矮墩墩的，脚步轻快，略有些内八字。另一人则又高又胖，黑色长斗篷更使他显得魁梧；他大踏步地走着，像皇帝一般威严。他清嗓子的声音先传了过来，像战阵中的呐喊。

迈尔斯认出来了，个子较小的那位是乔治·安托万·利高教授。而大个子则是迈尔斯的朋友基甸·菲尔博士。

他惊讶地喊出他们的名字，两人都停了下来。

博士漫不经心地转着手电，寻找声音来源，无意中把手电照到了自己脸上。那一瞬间，他的脸色比迈尔斯记忆中的还要红润，眼神也更加茫然。他的好几层下巴收了进去，好像要同人争论似的。系着宽条黑丝带的眼镜歪歪斜斜地贴在鼻子上。他那一大脑袋花白的头发似乎在颤动，就像强盗的小胡子。他身形庞大，没戴帽子，就站在原地向各个方向张望，就是没看见迈尔斯。

"我在这里，博士！在桥上！往前走。"

"啊！"博士喘着粗气。

他挥舞手杖，威风凛凛地向前走来，脚步声隆隆作响，震得桥板直颤，终于矗立到迈尔斯面前。

博士一边调整眼镜，一边低头凝视着迈尔斯，像一个正在成形的巨大神灵。"晚上好，先生。两个拥有成熟年纪和学术追求的男人完全有可能做出一些极其愚蠢的事。当然，我指的是……"

桥板又颤动起来。

利高就像一只狂吠的狡犬，终于完成了绕过博士身体的壮举。他紧抓桥栏杆站着，盯着迈尔斯，脸上露出同样难以抑制的好奇心。

"利高教授,"迈尔斯说,"我欠你一个道歉。我本打算今天早上给你打电话的,真的。但我不知道你住在伦敦的什么地方,而且……"

利高呼吸急促。"年轻人,"他答道,"你不欠我什么。不,不!是我欠你的。"

"嗯?"

"没错!"利高教授快速地点头,"昨晚我开了一个有趣的玩笑。我搅乱了你和莫雷尔小姐的思想,直到最后一刻,不是吗?"

"是这样,但是——"

"虽然你不经意间提到你要招聘一个图书管理员,年轻人,我也觉得这不过是个有趣的巧合罢了。我压根儿没想到,她离这里不到五百英里!我根本不知道那位女士就在英格兰!"

"你是说费伊·西顿?"

"正是。"

迈尔斯抿了抿嘴唇。

"但是今天上午,"利高教授继续说,"莫雷尔小姐倒是打来了电话,她解释了昨天晚上的事,但说得很混乱,简直语无伦次。莫雷尔小姐还告诉我,她知道费伊·西顿就在英格兰,也知道她的地址,并认为这位女士可能会被派到你这里工作。我打电话到伯克雷酒店,言语上施了点小伎俩,于是证实了此事。"他转头示意身后,"看到那辆车了吗?"

"怎么了?"

"我跟一位朋友借的,他是政府官员,有汽油。我为了赶来通知你,不惜触犯了法律。你必须找个礼貌的借口,马上把这位女士从你家弄走。"

明月照耀之下，利高教授的脸泛着白光，他的小胡子不再显得滑稽，神态中有一种绝望的严肃。他的左臂下面紧紧夹着刺杀霍华德·布鲁克的那柄黄色粗剑杖。很久以后，迈尔斯·哈蒙德依旧记得小溪潺潺的水声，记得博士魁伟的轮廓，记得那个敦实的小个子法国人，右手紧紧抓着栏杆。此时，迈尔斯往后退了一步。

"你怎么也这样？"

利高教授扬起眉毛。

"我不明白你在说什么。"

"坦白地说，利高教授，每个人都警告我要提防费伊·西顿。这话我已经听腻了！"

"那么，这是真的？你确实雇用了那位女士？"

"没错！有何不可？"

利高教授敏捷的目光越过迈尔斯的肩膀，朝背景中的宅子望去。

"今晚除了你，还有谁住在这里？"

"只有我妹妹玛丽安。"

"没有仆人？没有其他人？"

"今晚没有。但这又有什么要紧呢？这到底是怎么回事？我为什么不能请西顿小姐来这里，让她想待多久就待多久？"

"因为你会死的，"另一人简洁地答道，"你和令妹都会丧命。"

第九章

明月渐升，月光反射在他们身下的流水上。利高的脸闪着微光，显得越发苍白。

"二位也跟我来吧？"迈尔斯匆匆说道，他转身带路，朝房子的方向走去。

灰林小筑的西面是一片宽阔平坦的草坪，草被修剪得像保龄球场上那么短，你可以隐约望见柳条椅、小茶桌和搭着明亮顶篷的花园秋千。迈尔斯边走边朝那一侧瞥去。虽然费伊·西顿的卧室在一层，但那里没有灯光。费伊一定已经睡了。

迈尔斯领着两人走到了东侧，穿过会客厅，厅里放着他叔父收藏的几件中世纪武器；然后他们走进了长长的起居室。起居室布置得很亲切，织锦靠垫的椅子，刷成白色的矮书架，壁炉台上方还有一幅达·芬奇的油画。只有一盏夜灯还亮着，微弱的火苗投出巨大的阴影，但迈尔斯并不想让灯光变得更明亮。

在新森林的午夜寂静中，他转过身来。"我想我应该告诉二位，"他的嗓音大得不必要，"我已经和西顿小姐长谈过一番了……"

利高教授突然停了下来。"她告诉你了？"

（冷静点！根本没有理由喉咙发麻，心脏狂跳！）

"是的，她把布鲁克先生之死的情况告诉我了。她说警方最终认定为自杀，因为剑柄上只有布鲁克先生的指纹。这是真的吗？"

"是真的。"

"而且，在案件发生时，费伊·西顿正在离废塔很远的河段里游泳。这也是真的吗？"

利高教授点点头。"是的，就目前了解到的情况而言。但她跟你提到那个叫皮埃尔·弗雷纳克的年轻人了吗？朱尔斯·弗雷纳克的儿子？"

"我们需要这样吗？"迈尔斯几乎吼了起来，"我们现在需要像恶魔一般严苛吗？退一步说，即便他们之间真的发生了什么，这位年轻人弗雷纳克和费伊·西顿……"

"一个英国人。"利高教授用敬畏的口吻说道。停顿片刻之后。"我的天，英国人！"

灯光昏暗，黑暗几乎要吞没他的表情，他转头凝视着身后博士高大的身形。他把那柄黄剑杖靠在一张织锦椅的扶手上，摘下帽子。他说话的声音虽不响亮，但语调里有什么东西使迈尔斯的神经抽搐起来。

"你就像霍华德·布鲁克。"利高教授喘着气说，"我说了一件事，你就以为我只是想说……"

他又停了下来。

"年轻人，"他用抨击的口吻继续说，"你以为厄尔－卢瓦省的一介农民会在乎那个，"他打了个响指，"会在乎儿子和当地女孩之间的露水情缘吗？就算他真的发现了，也只会觉得好笑。我可以向你保证，此类小事并不会令那一带的任何一个农民惊恐不安、如临大敌。朱尔斯·弗雷纳克是不会为此在大马路上朝那个女人扔石头的。"

"那究竟又是因为什么？"

"你还记得霍华德·布鲁克死前的那段日子吗？"

"记得。"

"这个年轻人叫皮埃尔·弗雷纳克，和父母住在一座石砌农舍里，就在沙特尔和勒芒之间的公路旁。有必要强调的是，他的卧室在阁楼上，离地面有三段楼梯高。"

"所以呢？"

"皮埃尔·弗雷纳克病了好几天，身体虚弱，头昏脑涨。他什么都没对别人说，半是因为他不敢，半是因为他不明白，以为自己只是做了噩梦。和所有的年轻人一样，他害怕自己明明没做错什么，却要挨家长的揍。于是他在脖子上系了一条围巾，守口如瓶。

"他夜复一夜看到那张白皙的面孔在楼上窗外飘浮，他以为那是一场梦。他看到那具身体在离地面数米高的空中成形，他也以为那是一场梦。他感到麻木，头脑和肌肉的力量渐渐流失，就像你调低灯芯时，灯光就会慢慢变暗一样。没过多久，他父亲撕下了他喉咙上的绷带。他们在男孩的脖子上发现了尖利的牙痕，血液就是从那里流失的。"

迈尔斯听到自己的声音仿佛从远处飘来。"你是疯了吗？"

"不是。"

"你是说——？"

"没错。"利高教授答道，"我说的正是吸血鬼，不死之尸。我说的正是吸空躯体、杀死灵魂的怪物。"

那张白皙的面孔在楼上窗外飘浮。

那张白皙的面孔在楼上窗外飘浮……

迈尔斯笑不出来。他试着去笑，但声音卡在喉咙里。

"霍华德·布鲁克先生是个头脑简单的老好人，"利高教授说，"他对此一无所知。他能想到的只是一个农家小伙儿跟一个比他年纪大的女人搞到了一起。他英国式灵魂的最深处已被震撼到了。他坚信任何不道德的女人都可以用金钱收买。于是……"

"于是？"

"他死了。就是这样。"利高教授摇了摇他的光头，他的真诚中充满了狂热与激情。他拿起剑杖，夹在腋下。"我昨晚只是想……哎，多么愚蠢的幽默感！……我只是想用一道谜题来娱乐大家。我对事实的陈述是公正的，尽管有些拐弯抹角。我告诉过你，从公认的常识来判断，这个女人不是什么罪犯。我的确告诉过你，在日常生活中，她很温柔，甚至有些拘谨。

"但她内心的灵魂未必如此，那是她无法控制的，就像我无法抑制自己的贪婪和好奇一样。那个灵魂可以离开处于恍惚或睡眠状态的身体，并形成肉眼可见的形态，就像楼上窗外飘浮的白皙面孔，需要从生者的血液中汲取生命。

"如果霍华德·布鲁克事先告诉我这些，我是可以帮助他的。可他没有，他没有！他只是认为这个女人有道德污点，所以这事必须保密。也许根据外貌迹象和我讲给你的故事，我自己应该猜出来的。红色的头发、纤细的身材、蓝色的眼睛，这些身体特征在民间传说中总是与吸血鬼联系在一起，因为吸血鬼是情色的象征。但像往常一样，我认不出自己眼皮底下的是什么。霍华德·布鲁克死后，我才从一群想要私刑处死她的农民那里了解到这些。"

听完这番话，迈尔斯伸出一只手用力按压额头。"你不会是认真的吧！你不是想说这个……这个……"

"这个东西。"利高教授补充道。

"这个人，我们还是这么说吧。你告诉我，是费伊·西顿杀死了霍华德·布鲁克？"

"是吸血鬼干的。因为那只吸血鬼恨他。"

"那只是普通的谋杀，凶器是一柄利剑！没有超自然的力量参与！"

"那么，"利高教授冷冷地问，"凶手是怎么接近受害者又离开的呢？"

又是长时间的沉默。

"听着，我的好朋友！"迈尔斯喊道，"我再问一遍，你不是当真的吧！你是一个实际的人，不能用这种迷信来解释……"

"不，不，不！"利高教授斩钉截铁地说道，突然在空中打了个响指。

"'不'是什么意思？"

"我的意思是，"利高教授回答，"我经常和我学术界的同事们争论'迷信'这个词。你能反驳我提出的诸项事实吗？"

"显然不能。"

"没错！假设——我是说假设！——吸血鬼这样的生物确实存在，你是否同意我的理论可以解释费伊·西顿在布鲁克家生活期间的每个举动？"

"可问题是——！"

"我对你说，"利高教授的小眼睛里闪烁着逻辑的疯狂，"我对你说：'此处有一些事实，请做出解释。'事实，事实，事实！你回答说你无法解释，但我绝不能——绝不能，绝不能！——说这些怪力乱神的东西，因为我的理论扰乱了你的宇宙，使你害怕。你这么说也许是对的。你这么说也许是错的。但真正讲究实际的是我，而一味迷信的是你。"

他望向博士。"你同意吗，亲爱的博士？"

博士一直站在低矮的白漆书架旁，双臂交叠在他那长长的工字褶斗篷下面，心不在焉地注视着昏暗的灯光。迈尔斯注意到博士呼吸轻柔，不时哼一声，仿佛突然从半梦半醒中走出来。他胸膛上下起伏，系着眼镜的黑色宽丝带也跟着颤动。

他的脸色红润得像炉膛，显现出一种和蔼的神情。这总是使他显得像童谣里的老科尔国王那样，精神抖擞又高高在上。迈尔斯知道，基甸·菲尔是个绝对善良、绝对正直却又完全心不在焉、思维分散的人。而他能取得成功的关键之一正是心不在焉。此时他噘起下唇，强盗似的小胡子却耷拉下来，显得有些凶悍。

"你同意吗，亲爱的博士？"利高坚持问道。

"先生——"博士开口了，带着约翰逊博士[①]一般有力的雄辩语调。然后他似乎改了主意；他平静下来，挠了挠鼻子。

"先生？"利高用同样的礼节催促。

"我不否认，"博士说着伸出一只胳膊，这个动作严重危及了书架上的一尊青铜雕像，"我不否认这个世界上可能存在超自然力量。事实上，我坚信它们确实存在。"

"吸血鬼！"迈尔斯·哈蒙德哀号。

"是的。"博士表示同意，他的严肃态度令迈尔斯的心沉了下去，"甚至吸血鬼也是有可能存在的。"

博士自己的手杖就靠在书架上，但他现在却盯着利高教授胳膊下那根黄色的粗剑杖，眼神越发茫然。

博士缓缓向前迈步，从利高手中接过剑杖。他把手杖调转方

---

①塞缪尔·约翰逊（Samuel Johnson，1709—1784），英国著名作家。

向拿着。以同样心不在焉的态度，他走到空壁炉旁，大剌剌地在一张大织锦椅中坐了下来。他坐下时，整个房间都在颤抖，尽管这是一栋结构坚固的房子。

"但我相信，"他继续说，"就同任何一位诚实的灵学研究者一样，首先要检查事实。"

"先生，"利高教授喊道，"我当然可以给你事实！"

"先生，"博士答道，"这是毫无疑问的。"

他皱着眉头，对剑杖眨了眨眼睛。他慢慢拧开剑柄，把它从鞘中抽出，端详着。他用歪斜的眼镜紧贴着剑柄，试着向剑鞘里窥视。当这位满腹学问的博士振作起来，又开口说话时，语气像个小学生。"我说！有放大镜吗？"

"这栋房子里就有。"迈尔斯回答，努力整理心绪，"但我不记得在哪儿了。要我去找找吗？"

"老实说，"博士露出一种愧疚的坦率神情，"那个东西对我未必有多大用处，但它可以给旁人留下深刻的印象，让使用者强烈地感觉到自己很重要。咦？"他的声音变了，"我记得有人说这个剑鞘里面有血迹？"

利高教授几乎要开始上蹿下跳了。"里面确实有血迹！我昨晚就是这么对莫雷尔小姐和哈蒙德先生说的。今天早上我又对你这么说了一遍。"他的语调像是要发起挑战，"怎么了？"

"没什么，"博士说，雄狮一般慢吞吞地点点头，"这是另一个要点。"

博士摸索着从大斗篷内的上衣口袋里掏出一捆叠好的纸。迈尔斯毫不费力地认出了那份手稿。这是利高教授对布鲁克案的叙述，是专为谋杀俱乐部存档所写，被芭芭拉·莫雷尔拿走之后，迈尔斯亲自送回的。博士拿在手里掂了掂。

"今天利高给我带来这份手稿，"他用一种真诚的崇敬语调说道，"我睁大眼睛阅读，痴迷的程度简直难以言喻。上帝啊！酒神巴克斯！这正是俱乐部感兴趣的那种案子！但它确实引发了我心中的一个巨大疑问。"博士的眼睛盯着迈尔斯，"芭芭拉·莫雷尔是谁？她为什么要搅黄谋杀俱乐部的晚宴？"

"正是！"利高教授长吸一口气，迅速点点头，搓着手，"我对此也很感兴趣！芭芭拉·莫雷尔是谁？"

迈尔斯也朝两人瞪过去。"等一下，你们别盯着我！我不知道！"

利高教授眉毛一扬。"我记得是你送她回家的？"

"只送到地铁站而已。"

"你们没有讨论这件事吗？"

"没有。我们——没有。"

矮墩墩的法国人眼神令人不安。

"昨天晚上，"利高教授对着迈尔斯打量了许久，然后对博士说，"那位娇小的莫雷尔小姐有好几次显得很不高兴。是的！显然，她非常关心费伊·西顿，而且无疑非常了解她。"

"恰恰相反。"迈尔斯说，"西顿小姐说自己没见过芭芭拉·莫雷尔，并且对此人毫不了解。"

这句话仿佛敲响了一面要求肃静的锣。利高教授的表情堪称凶神恶煞。

"这是她告诉你的？"

"是的。"

"什么时候？"

"今晚，在图书室，当我——询问她一些事的时候。"

"那么！"利高教授呼吸急促，精神振奋，"你，在她的受害者中——"这句话对迈尔斯就像当头一棒,"至少算是有勇气的!你向她提起这件事,还向她问话了?"

"不是我提起的。"

"她主动提供的信息?"

"是的,可以这么说。"

"先生,"博士坐在椅中,膝盖上横着手稿和剑杖,脸上露出一种非常好奇的表情,"这会对我有很大帮助——天哪,帮助简直太大了!——如果你能(见谅)此时此刻就不带偏见、不加修饰、原原本本地告诉我。"

现在一定已经很晚了,迈尔斯暗忖。房子里一片寂静,他觉得自己能听到厨房里的钟嘀嗒作响。玛丽安应该睡沉了,她的卧室就在图书室的上面;费伊·西顿则在楼下熟睡。苍白的月光透过窗户照进来,有些死气沉沉,在对面的墙上映出长方形小窗格的轮廓,衬得那一点火苗越显暗淡。

迈尔斯开始用干涩的喉咙慢慢地、小心翼翼地讲述。只有一次,博士打断了他。

"吉姆·莫雷尔!"博士重复了一遍,声音十分尖锐,甚至把利高教授吓了一跳。"他是哈利·布鲁克的好朋友,哈利每周都会给他写一封信。"博士把大脑袋转向利高,"你认识吉姆·莫雷尔吗?"

利高倚坐在一张茶几旁,热心地躬身向前,单手拢在耳后,坚决地表示否定。"亲爱的博士,这个名字对我来说完全是陌生的。"

"哈利·布鲁克从没跟你提起过他?"

"从来没有。"

"你这份令人钦佩的清晰记录中,"博士轻拍着手稿,"也没有提到过此人。即使在所附的其他相关证人的证词中也没有这个名字。然而，哈利·布鲁克就在案发当日给他写了信——"菲尔博士沉默了片刻。他眼中瞬间闪过一丝光彩，是灯光造成的效果吗？"先放一放，"他说，"你继续往下讲吧！"

然而，迈尔斯在讲完之前，又在博士眼中看到了同样的光彩。博士半眨着眼睛，像是窥见真相时感到迷惑、惊讶，但那神情中还有一种纯粹的恐惧。这正是让人心神不宁之处。迈尔斯机械地讲述着，疯狂的想法不停地从他内心的屏幕上掠过。

博士当然不会相信那些关于吸血鬼的胡话。利高教授可能真诚地认为邪恶的灵魂能够居住在肉体中，能够离开身体，在高空化为实体，苍白的面孔飘在窗外。但菲尔博士不可能信这一套。这是理所当然的！迈尔斯只想听他亲口这么说。

迈尔斯想要的只是一句话、一个手势、一个眼神，就能吹散被乔治·安托万·利高称之为吸血鬼的有毒迷雾。"来，现在！给我一个表示！雅典的执政官们！"迈尔斯激动地暗暗祈祷。基甸·菲尔的双下巴抽搐了一下，巨大的衬衫马甲一阵颤抖，他向后仰靠在椅背上，手杖尖端的金属箍敲打着地板。熟悉的动作一如往昔。但迈尔斯并没听到期待中的那句话。

当迈尔斯讲述完毕，博士靠着椅背，一手遮住眼睛，内有血迹的剑杖就横在他膝头。

"就这些吗？"他问道。

"是的。就这些。"

"哦。"博士用力清了清嗓子，转向利高，"我的朋友，我有一个至关重要的问题要问你。"他举起那沓手稿。"你写这个的时候，措辞一定很谨慎吧？"

利高教授僵硬地挺起身子。

"这有必要强调吗？"

"你一点儿也不想修改吗？"

"不用改，我向你保证！我为什么想修改呢？"

"让我给你念念其中的两三行，"博士不容拒绝地说，"这是你最后一次看见霍华德·布鲁克先生时的情况，当时他在塔顶上，袭击尚未发生。"

"那么请念吧。"

博士沾湿大拇指，调整了一下系在黑色丝带上的眼镜，然后翻起手稿。

"'布鲁克先生，'"他高声朗读，"'站在护墙边，僵直的后背透出毫不妥协的意志。在他的一侧——'"

"请原谅我打断一下，"迈尔斯说，"但这些听起来和利高教授昨晚口述的一模一样。"

"措辞的确完全相同。"利高教授笑着说，"行文多么流畅，不是吗？我都背下来了。我跟你说过的全部内容，年轻人，都能在那份手稿里找到。继续，继续，继续！"

博士瞥了他一眼。

"'在他的一侧'——你还在描述布鲁克先生——'在他的一侧，那根淡黄色的木手杖直直地靠在护墙上。在他的另一侧，同样靠在护墙上的，是那个鼓鼓囊囊的公文包。塔顶四周环绕着带城垛的护墙，高至人胸口。垒砌护墙的石头已经碎裂，上面有些辨认不清内容的白色刮痕，那是人们刻在上面的自己姓名的首字母。'"

博士合上手稿，又轻敲了一下。"这一段，"他问道，"内容都准确吗？"

"准确得不能再准确了！"

"还有一件小事，"博士恳求道，"是关于这根剑杖的。在你清晰的叙述中，你说警察在谋杀案发生后，拿走了剑杖的两部分供专家检查。警察在拿走剑杖之前，没有把剑插进剑鞘里吧？是原封不动拿走的？"

"那当然！"

迈尔斯再也无法忍受了。"看在上帝的分儿上，先生，让我们把事情讲清楚吧！至少把自己的想法和立场说出来！"他的声音提高了，"你是不相信这一套的，对吗？"

博士对他眨眨眼睛。"不相信哪一套？"

"吸血鬼！"

"不信，"博士温和地说，"我不相信。"

（当然，迈尔斯早就知道了。他这样告诉自己，内心微微一笑，卸下防备，想要放声大笑。但气息已然从肺里冲出，他意识到现在再也不会有什么恐怖了，只感到一阵如释重负的热浪涌遍全身。）

"等我们告辞时，"博士严肃地继续说，"再下定论也不迟。因为利高心血来潮的浪漫冲动，他也想参观一下令叔父的图书馆，于是我们就来了一趟狂野的夜间新森林自驾之旅，等回到伦敦之后我们两位老绅士定然要后悔不已。但在我们告辞之前……"

"老天，"迈尔斯激动地问，"你们不是想今天夜里就回去吧？"

"今晚就不回去了？"

"我会给二位安排好住宿的，"迈尔斯说，"尽管适合居住的卧室不够。我想在白天看到二位，这样才能再次找回理智。还有我妹妹玛丽安！等她听到故事剩余的内容……"

"令妹对此事已经有所耳闻了？"

"是的，她知道一点儿。说起这个，今晚我曾问她，如果她遇到了……嗯，一种超自然的、可以在空中行走的恐怖生物，她会做何反应。当时我还不知道这套吸血鬼理论。"

"真巧啊，"博士喃喃地说，"那么令妹是如何回答的？"

迈尔斯笑了。"她说她可能会用左轮手枪朝它射击。和玛丽安一样觉得好笑才是唯一理性的反应吧。"他向利高教授鞠了一躬，"我要感谢你，先生，这么大老远赶来，提醒我提防一个面孔苍白、满口血渍的吸血鬼。但在我看来，费伊·西顿的生活已经够艰难的了。我完全无法相信——"

迈尔斯突然打住了。

那个声音是从楼上不远处传来的，三人都听到了，被夜间的寂静放大。它明确无误、振聋发聩。坐在茶几边上的利高教授一下子僵住了。大块头的博士哆嗦了一下，眼镜从鼻子上掉了下来，剑杖的两部分也慢慢滑落到地板上。三个人都待在原地，无法动弹。那是一声枪响。

第十章

许久之后，第一个说话的是利高教授。嘲讽的表情从他脸上闪过，他看着迈尔斯。

"刚才说到哪儿了，我的朋友？"他礼貌地问道，"请继续你刚才那段有趣的发言！令妹觉得好笑，她一想到……"但在如此紧张的气氛中，他说不下去了。他瞥向博士，粗哑的声音开始颤抖。"亲爱的博士，你和我想的一样吗？"

"不！"博士吼道，"不，不，不，不！"

利高教授耸了耸肩。"在我看来，一件事情确实发生之后，仍然坚称它不可能也于事无补了。"他看向迈尔斯，"令妹有左轮手枪吗？"

"有！但是……"迈尔斯站了起来。

他告诉自己，不能拔腿就跑，不能让自己颜面尽失。尽管利高的脸色是斑驳的白，连博士也突然紧紧抓住了织锦椅的扶手。迈尔斯走出房间，走进黑暗的会客厅。走到通往二楼的封闭式楼梯之后，他才开始奔跑。

"玛丽安！"他喊道。

楼上一道又长又窄的走廊，被一盏黄色夜灯照亮，两旁是一扇扇关着的房门，都寂静无声。

"玛丽安！你没事吧？"

没有回答。

他面向走廊尽头，玛丽安的卧室是左侧最后一间。迈尔斯又开始跑起来。他在走廊中部暂停片刻，拿起放在暖气片上的夜灯，那是另一盏有圆柱形玻璃罩的小灯。他耐心地转动小轮调整灯芯，想让火光燃烧得更旺一些，他发现自己的手在颤抖。他转动门把手，推开，把灯高高举起。

"玛丽安！"

在这间空荡荡的卧室里，玛丽安半仰躺在床上，头和肩膀靠着床头板。提灯疯狂地晃动，但还是足以让迈尔斯看见妹妹。

这个房间里有两排小窗户。其中一排在东面墙壁上，正对着站在门口的迈尔斯，这排窗户上依旧覆盖着窗帘。另一排窗户朝南，在房子的后墙上，白色的月光倾泻而入。玛丽安躺在床上——或者说半躺在床上，耸起肩膀——她正面对着朝南的窗户。

"玛丽安！"

她没反应。

迈尔斯迈着小步缓缓靠近。光线摇曳，在一片朦胧的阴暗中慢慢推进，照亮一个又一个细节。

玛丽安穿着浅蓝色的丝绸睡衣，躺在凌乱的床上，还没有完全调整到坐靠着床头板的姿势。乍一看，他几乎认不出妹妹的面孔。淡褐色的眼睛半睁着，光线照过来时依旧呆滞，一动不动。脸色是粉笔一般的白。提灯下，汗津津的额头闪着微光。她的嘴唇紧贴在牙齿上，摆出要尖叫的口型，但她还没来得及叫出声。

玛丽安的右手中握着一把点三二口径的艾夫斯－格兰特左轮手枪。迈尔斯望向右边，也就是玛丽安对面的窗户，他看到了玻璃上的弹孔。

迈尔斯就这样无言地站在原地，整条手臂都能感觉到脉搏的颤动，这时一个相当粗哑的声音从他身后响起。

"我可以进去看看吗？"那个声音问。

乔治·安托万·利高脸色苍白，但态度冷漠，举着楼下起居室的提灯，迈着细碎的小步子走了进来。玛丽安的右手边有一个床头柜，抽屉半开着，左轮手枪大概是从那里取出来的。在这张小桌上——迈尔斯以一种疯狂的抽象思维注意到了这些细节——放着玛丽安自己的床头灯，灯早已熄灭。水壶旁边放着一瓶一盎司装的法国香水，上面有红金相间的标签。迈尔斯闻到了香水的味道，几欲作呕。

利高教授把起居室的提灯放在床头柜上。

"我略懂一点医药，"他说，"能替令妹看看吗？"

"可以！请！请！"

利高教授以猫一样的动作绕到床的另一侧，抬起玛丽安软弱无力的左手腕。她的整个身体看上去都很无力，完全摊平了。他小心翼翼地把手压在她的左胸下侧，紧贴着心脏部位。利高教授的脸上一阵抽搐。他丢掉了所有嘲讽的神气，只流露出真诚而深刻的忧郁。

"对不起，"他宣布道，"这位女士已经过世了。"

死了。

这不可能。

迈尔斯再也拿不住灯了，他的手臂抖得太厉害，再过一秒钟，灯就会从手里掉下来。他几乎感觉不到自己的腿，挪到南窗右边的一个五斗橱旁边，"砰"的一声把灯放下。

然后他转过身来，隔着床面对利高教授。

"死因，"他咽了咽口水，"是什么？"

"惊吓。"

"惊吓？"

"你是说……"

利高教授说："死于惊吓，这也并不是完全正确的说法。心脏（你能跟上吗？）突然失去了向大脑泵血的能力。血液沉入腹部的大静脉中，并保持停滞状态。你注意到她苍白的脸色了吗？汗水？放松的肌肉？"

迈尔斯充耳不闻。

他爱着玛丽安，真真切切地爱着她，在他三十五年的人生中，玛丽安陪伴了他二十八年，他对妹妹的爱完全是本能。他想着玛丽安，又想到了史蒂夫·柯蒂斯。

"随之而来的，"利高教授说，"就是崩解和死亡。在严重的情况下……"接着，利高的表情出现了一种几乎理所当然的变化，使得那髭小胡子变得格外显眼。

"啊，上帝！"他喊道，那喊叫声与他夸张的动作一样，也是发自内心的，"我忘了！我忘了！我忘了！"

迈尔斯瞪着他。

"这位女士，"利高教授说，"可能还没死。"

"什么？"

"在严重的情况下，"教授喋喋不休，"摸不到脉搏。不，即使你把手放在心脏上，也可能感觉不到心跳。"他停顿了一下，"虽然希望不大，但还是有可能的。最近的医生离这里有多远？"

"大约六英里。"

"你能给医生打电话吗？这里有电话吗？"

"有！但在医生赶来之前……"

"这段时间里，"利高教授揉着额头，眼中露出忙乱的神情，

106

回答道，"我们必须刺激心脏。就是这样！刺激心脏！"他挤挤眉头，思索着，"抬高四肢，按压腹腔，然后……家里有士的宁①吗？"

"老天，没有！"

"但你们有盐，对吧？普通的食盐！还有皮下注射器？"

"我记得玛丽安确实有一支注射器，不知道放在哪儿了。我想是在……"

从前，一切都似乎匆匆而逝，而现在时间仿佛停止了。每一个动作似乎都慢得令人难以忍受。当情况万分紧急的时候，你却快不起来。

迈尔斯转身回到五斗橱前，猛地拉开最上面的抽屉，开始翻找。这件枫木家具此时被他刚放下的提灯照得闪亮，顶上立着一个折叠皮革相框，里面是两张大照片。一张照片里是史蒂夫·柯蒂斯，戴着一顶帽子以掩饰谢顶；另一张是玛丽安，宽宽的脸上带着笑容，完全不同于此时床上那具双眼茫然的可怜躯体。

迈尔斯觉得自己找了好几分钟，实际上大概十五秒后，他发现拆成两部分的皮下注射器就放在整洁的皮套里。

"拿到楼下去，"利高在他耳旁絮絮叨叨，"在沸水里消毒。然后再烧一些热水，加一点儿盐，都端上来。但首先要给医生打电话。其他措施交给我。快，快，快！"

迈尔斯跑到卧室门口，发现基甸·菲尔博士正站在那里。他匆匆踏入走廊时，扭头瞥了博士和利高教授一眼。利高正在脱外套挽袖子，一边俯身一边说话。

"你看到这里了吗，亲爱的博士？"

---

① 士的宁，即番木鳖碱，一种剧毒的化学药剂。

"看到了。"

"你猜她在窗外看到了什么？"

谈话声渐渐从迈尔斯耳畔消失。

楼下的起居室里一片漆黑，除了明月的清辉。在电话机旁，迈尔斯从口袋里掏出打火机，"啪"的一声点着，找到了玛丽安放在那里的通讯录和两本伦敦电话黄页，拨了卡德南村四三二一。他从未见过加维斯医生，叔父在世时也是如此。一个声音通过电话线快速提了一些问题，得到了清晰的答复。

一分钟后，他已进入了厨房：厨房在房子的西侧，位于一排寂静的卧室中间，要穿过一条长长的封闭走廊——和楼上的走廊一样。厨房很大，已被打扫干净，迈尔斯点亮了几盏灯。白色搪瓷炉是新的，他打开煤气，把水倒进两个炖锅里，"砰"的放到火上，又把注射器的两个部件都扔进去。一个白色的钟挂在墙上，指针嘀嗒作响。

两点差二十分钟。

两点差十八分钟……

天上的主啊，那水永远都烧不开吗？

他拒绝去想费伊·西顿，她正睡在一楼，卧室离他不到二十英尺。

他拒绝去想她，直到他从炉旁转过身来，看见费伊就站在他身后，站在厨房中央，指尖放在桌子上。

她身后，通往走廊的门开着，门外是一片漆黑。他没听到她在铺着油毡的石头地面上走动。她穿着一件非常薄的白色睡袍，外面裹着一件粉红色夹袄，脚上穿着一双白色拖鞋。蓬松的红发披散在肩上。粉色指甲颤巍巍地轻轻敲打着擦洗干净的桌面。

提醒迈尔斯转身的是一种动物性的本能，一种亲近感，一种和她相处时总能感受到的身体感觉。他的动作如此突然，还撞到了一个炖锅的把手，整个锅都在煤气炉上转动。正在加热中的水碰到炖锅边缘，发出轻微的嘶嘶声。

他惊讶地在费伊·西顿的脸上看到了憎恶的表情。

那双蓝眼睛里有浅浅的火光，在白皙皮肤的衬托下，颜色显得很深；嘴唇干涩，向后绷着。是憎恶中夹杂着——没错！夹杂着极度的痛苦。即使他已转过身来，她也控制不住自己，抚平不了那种情绪。她的胸脯在喘息中起伏，指尖在抽搐。

但她说话声很温柔。"出……什么事了？"

嘀嗒——嘀嗒，墙上的大钟走着，嘀嗒——嘀嗒，在寂静中有节奏地响了四下。迈尔斯这才回答她。他能听到炖锅里热气腾腾的水发出嘶嘶声。"我妹妹可能死了，或者快死了。"

"嗯。我知道。"

"你知道？"

"我听到声音了，像是枪响，当时我还没睡沉。我去楼上看过了。"费伊急促地吸了一口气，又喘了一声。她似乎在努力不让脸色发红，好像意志力可以控制血液和神经一样。"请原谅，"她说，"我只是刚看到了一件之前没注意的东西。"

"看到了一件东西？"

"是的。——出什么事了？"

"玛丽安被窗外的什么东西吓坏了。她朝外面开了一枪。"

"外面有什么？进了盗贼？"

"地球上没有哪个盗贼能吓到玛丽安。她不是那种神经质的人。而且……"

"请告诉我！"

"那个房间的窗户，"——玛丽安卧室的布局历历在目：镶金

109

边的蓝色窗帘、黄褐色的地毯、大衣柜、梳妆台、五斗橱、门边壁炉旁的安乐椅——"那个房间的窗户离地面至少十五英尺高。窗户下面只有图书室空白的后墙。我想不出什么样的窃贼会爬到那里去。"

水开始沸腾。迈尔斯的脑子里闪过"盐"这个字，他差点儿把放盐的事完全忘了。他冲到一排橱柜前，找到了一个很大的纸板箱。利高教授只说要加"一点"盐；他说要烧热，而不是烧开。在第一个炖锅沸腾的时候，迈尔斯把一点盐洒进第二个炖锅里。

费伊·西顿的膝盖似乎支撑不住了。桌旁有一把椅子。费伊把手放在椅背上，慢慢地坐下来。她不看他，一只白皙的膝盖向前一弯，肩膀绷得紧紧的。

脖子上尖利的牙痕，血液就是从那里流失的……

迈尔斯猛击煤气炉的开关，把火熄灭。费伊·西顿一下子站起来。

"我——我非常抱歉！我能帮上忙吗？"

"帮不上！退后！"

大钟嘀嗒作响，两人把问题和答案抛到安静的厨房里，又像是彼此心照不宣。迈尔斯怀疑自己的手可能不够稳，端不好两个炖锅，但他还是冒险端了起来。

费伊轻声问道："利高教授在这里，对吗？"

"是的。请你往旁边站站，好吗？"

"你——你相信我今晚对你说的话吗？信吗？"

"信！信！信！"他冲她大喊，"但是请你看在老天的分儿上，站到一边去好吗？我妹妹……"

滚烫的水从炖锅边缘溅出。费伊现在背对桌子站着，紧紧地靠着桌沿。她所有的谦逊和胆怯都消失了，她站得笔直，气势十足，深吸一口气。

"不能再这样下去了。"她说。

那一刻，迈尔斯没有看她的眼睛，他不敢。因为他突然有了一种几乎无法抗拒的冲动，想把她搂在怀里。哈利·布鲁克就曾这么做，年轻的哈利死了，腐烂了。在她寄宿过的那些平静的家庭里，还有过多少次类似的事呢？

与此同时……

他头也不回地离开了厨房。从厨房走后楼梯，通往楼上的走廊，离玛丽安的房间很近。迈尔斯借着月光上楼，小心翼翼地端着两个炖锅。玛丽安卧室的门开了大约一英寸，他推开门缝，险些撞到利高教授身上。

"我正要去看看是什么让你耽搁了。"利高教授的英语第一次带了法语口音。

"利高教授！她是不是……"

"没有，没有！我把她调整到了所谓的'反应'阶段。她在呼吸，我想她的脉搏已经强一些了。"

更多滚烫的水溅了出来。

"但我还不知道，这种情况是否会稳定下去。你给医生打电话了吗？"

"打了。他已经在路上了。"

"好。把那边的水壶给我。别，别进来！"利高教授说，他很容易大惊小怪，"你不能进来。病人从惊吓中恢复的场面很不好看，而且你会妨碍我的。在外面待着吧，等我叫你再进来。"

他接过两个炖锅，放在房间的地板上，然后他当着迈尔斯的面把门关上了。

一种热切的、不安的希望强烈地涌上心头——除非妹妹有望康复，否则利高是不会那样说话的——迈尔斯往后退了一步。走廊尽头的月光变幻不定，他知道为什么。

基甸·菲尔博士就站在那里的窗户旁，正在抽一个巨大的海泡石烟斗。烟斗口的红光跃动，变暗，碰到了博士的眼镜。一团烟雾像幽灵般袅袅飘向窗外。

"你知道吗，"博士说着，把烟斗从嘴里拿出来，"我挺喜欢那个家伙。"

"利高教授？"

"是的。我喜欢他。"

"我也是，上帝知道，我对他万分感激。"

"他是一个讲求实际的人，一个完全实际的人。"博士带着一种内疚的神情，冲着烟斗猛抽了几口，说道，"而你和我恐怕都不是。不是彻底讲求实际的人。"

"可是，"迈尔斯说，"他却相信有吸血鬼。"

"哈。没错，他正是这样。"

"让我们直面问题吧。你是怎么想的？"

"我亲爱的哈蒙德，"博士鼓起脸颊，有些激动地摇摇头，"我只知道，我现在备受打击。这就是让我沮丧的地方。在令妹出事之前，"他朝卧室方向点点头，"在此事打乱我的推理之前，我自以为对霍华德·布鲁克的谋杀案已经有头绪了……"

"嗯，"迈尔斯说，"我也觉得你有头绪了。"

"哦，是吗？"

"在我给你复述费伊·西顿关于废塔谋杀案的陈述时，有那么一两个瞬间，你脸上的表情足以吓到任何人。是恐惧吗？我不知道！像是有类似的感受。"

112

"有吗？"博士问。烟斗的红光搏动了几下，又变暗了。"哦！想起来了！但我心烦意乱并不是因为想到了邪恶的灵魂之类的。我是在思索其中的动机。"

　　"谋杀的动机？"

　　"不是，"博士说，"但这个动机导致了谋杀。一个异常险恶、异常冷酷的动机……"他停顿了一下。烟斗的红光再次搏动，变暗。"你觉得我们现在能和西顿小姐说几句话吗？"

第十一章

"西顿小姐？"迈尔斯尖锐地重复。

他现在完全看不懂博士的表情。那张脸仿佛一张血肉面具，在月光照射下不显颜色，又藏在烟雾之后。那烟雾被迈尔斯吸入肺中。然而，博士的声音中流露出的对那一动机的憎恨，却是明确无误的。

"西顿小姐？应该可以吧。现在她就在楼下。"

"楼下？"博士问。

"她的卧室在楼下。"迈尔斯解释情况，讲述了当日下午发生的事，"这是家里最舒适的房间之一，刚重新装修过，油漆还没干。她已经醒了，起来走动了，如果你是想问这个的话。她——她听到了枪声。"

"真的！"

"其实她还溜上来，朝玛丽安的房间里瞥了一眼。有什么东西令她很心烦，她甚至显得不太……不太……"

"正常？"

"这么说也行。"

然后迈尔斯反抗了。人性自有其韧性，加之玛丽安已脱离险境（他是这么判断的），他思绪的重心已在调整，常识几乎要冲

114

出牢笼。

"博士，"他说，"我们不要被催眠了。别让利高口中的食尸鬼、吸血鬼和女巫对我们施咒。即便真有人爬到玛丽安房间的窗外，那也是极其困难的……"

"我亲爱的朋友，"博士温和地说，"我知道没人爬上去。你可以自己看看！"

他指了指两人身旁的窗户。

房子里的大多数窗户都是法式竖铰链窗，但这一扇是普通的提拉窗。迈尔斯把窗扇推上去，探出头朝左边望。

玛丽安房间的南墙上有四扇紧挨的小窗，其中两扇的灯开着，明亮的光线映射在房后苍绿的树木上。窗下是十五英尺高的空墙。他忘了，墙脚旁还有一片未栽种植物的花坛，花坛的宽度几乎和墙的高度一样。花坛里刚浇过水，花泥已被碾碎，细细地翻过，即便是猫在上面走过也不可能不留一丝痕迹。

但是，迈尔斯·哈蒙德心中始终有一股倔强的怒火。

"我还是要说，"他说道，"我们最好不要被催眠了。"

"怎么会呢？"

"我们知道玛丽安开了一枪，没错。但我们怎么知道她是朝窗外面的什么东西开枪的呢？"

"啊哈！"博士笑了，一种欢乐的气息从烟斗里飘出来，飘向迈尔斯，"恭喜你，先生。你终于醒悟过来了。"

"我们根本不知道她为什么开枪，"迈尔斯说，"我们之所以那样假设，是因为枪响之前我们正在讨论飘浮在窗外的苍白面孔。她是在朝房间里的什么东西开枪，这种想法不是更自然吗？也许有什么东西站在她床脚前？"

"是的，"博士严肃地表示同意，"的确有可能。可是，亲爱的先生，你难道不明白吗？这样还是无法解释我们真正的问题。"

"什么意思？"

"有什么东西，"博士回答说，"把令妹吓坏了。如果没有利高及时相救，她真的会被活活吓死。"

博士语速缓慢，语气激烈，一字一顿。烟斗熄灭了，他把烟斗放在窗台上。他呼哧呼哧的喘息似乎也因认真的态度而变得更响了。

"现在我想让你想一想这意味着什么。我想，令妹不是一个神经质的女人吧？"

"当然不是！"

博士犹豫了片刻。"让我——嗯——说得更明白些。她不是那种嘴上说自己不紧张，白天会嘲笑超自然现象，晚上却有完全不同表现的女人吧？"

迈尔斯回想起一段往事，仿佛历历在目。

"我记得，"他说，"在我住院时，玛丽安和史蒂夫一有空就去探望我，"——他们俩都是多么好的人啊——"讲一些他们认为能逗我开心的笑话或故事。其中一个是关于鬼屋的。史蒂夫（玛丽安的未婚夫）的一个朋友在执行地方志愿兵任务时发现了那栋鬼屋。于是他们组织了几个人去查看。"

"结果怎么样？"

"他们似乎确实发现了很多无法解释的困扰之事，像是有个吵闹鬼在捣乱，令人很不愉快。史蒂夫坦率地承认他被吓到了，还有一两个人也是如此，玛丽安却乐在其中。"

"曜，真是女中豪杰！"博士喘着粗气说。他拿起熄灭的烟斗，又把它放下。

"我要再次请你，"博士认真地继续说道，"记住当时的情形。

令妹没有受到任何形式的触碰或身体攻击。所有的证据都表明她是因为看到了什么东西才精神崩溃的。

"现在我们假设，"博士争辩道，"此事与超自然现象无关。假设，比如说，我想通过装神弄鬼来吓唬人。假设我穿上白袍，在鼻子上涂磷光颜料，然后把头伸进伯恩茅斯一家寄宿公寓的窗户里，用雷鸣般的嗓门对一群老太太大喊'哈！'

"这也许能让她们吓一跳。她们可能会认为亲爱的老博士想到了什么非凡的搞笑点子。但这种把戏真的能令任何人受到惊吓吗？如今，任何一种暗藏玄机的发明，任何一种伪造灵异现象的装置，它们产生的效果会比突然跳出来吓人的效果更好吗？它们能够引起我们所知道的那种心肌梗死，能够像利刃或子弹一样致命吗？"

博士一拳打在左手掌上，抱歉地停了下来。"请原谅，"他补充道，"我并不想开不合时宜的玩笑，也不想惹得你担心令妹。但是……老天啊！"他摊开双手。

"没关系，"迈尔斯回答，"我明白你的意思。"

一阵沉默。

"这么看来，"博士继续说道，"你刚才所说的那一点已经不重要了。令妹在过度恐惧中朝什么东西开了一枪。那个东西可能在窗外，可能在房间里，可能在任何地方。关键在于，什么东西能让她害怕到如此地步呢？"

玛丽安的惨白面孔……

"但是，你不会又回到前一个假设上吧，"迈尔斯喊道，"整件事最后又归结到了吸血鬼身上？"

"我不知道。"

博士用指尖揉按太阳穴，弄乱了一侧耳朵上厚厚的花白头发的边缘。

"告诉我，"他喃喃地说，"令妹害怕什么东西吗？"

"她不喜欢闪电战，也不喜欢复仇兵器①。可大家都不喜欢。"

"我认为我们可以先排除出现复仇兵器的可能性。"博士说，"被盗贼胁迫呢？诸如此类的？"

"绝对吓不倒她。"

"她看见了什么东西，在床上半坐起了身子……顺便问一句，她手里那支左轮手枪，是她的吗？"

"那把点三二的艾夫斯－格兰特？哦，是她的。"

"她把枪放在床头柜的抽屉里？"

"大概吧。我从来没注意她把枪放哪里。"

"直觉告诉我，"博士揉着额头说，"我们需要探究人的情感和反应——如果他们是人类的话。我们现在就去和费伊·西顿小姐谈谈。"

没必要去找她。此刻，费伊正向他们走来，身上是当天傍晚穿的那件灰色连衣裙。在昏暗的光线下，迈尔斯觉得她涂了很多口红，而这不是她平时的风格。

那张白皙的脸庞镇定下来，飘向他们。

"女士，"博士的声音奇怪而洪亮，"晚上好。"

"晚上好。"费伊突然停了下来，"你是……"

"西顿小姐，"迈尔斯介绍说，"这是我的一位老朋友。基甸·菲尔博士。"

"哦，基甸·菲尔博士。"她沉默了一会儿，说话的语调有

---

①复仇兵器（V-weapons），指第二次世界大战期间德军研发的几项高性能武器，包括 V-1 火箭、V-2 火箭和并未投入实际使用的 V-3 炮。

了些变化，"是你抓住了六灰（Six Ashes）镇的杀手[①]，"她说，"还有索德伯里十字车站那个害死所有人的投毒者。"

"呃……"博士似乎很尴尬，"我是个老笨蛋，女士，不过确实对各种犯罪手段有一些了解。"

费伊转向迈尔斯。"我——我想对你说，"她用一贯温柔真诚的声音说道，"我刚才在楼下失态了。对不起。我——心烦意乱。我甚至没对可怜的玛丽安的遭遇表示同情。我真的帮不上忙吗？"

她试探性地朝身后不远处的卧室门走去，但迈尔斯碰了碰她的胳膊。"最好别进去。利高教授正在充当业余医生。他不让任何人进去。"

片刻沉默。

"她——她怎么样了？"

"好一些了，利高是这么认为的。"博士说，"说起这个，女士，有一件事我倒想和你谈谈。"他从窗台上捡起烟斗，"如果哈蒙德小姐能康复，此事当然就与警察无关了……"

"无关了吗？"费伊喃喃地说。虚幻的月光照耀着卧室门外的走廊，她的嘴唇上掠过一丝寒冷的微笑。

博士的声音变得尖锐起来。"你认为警察应该参与到此事中来吗，女士？"

那可怕的微笑就像她脸上的一道血红的口子，随着那双蓝眼睛的呆滞转动，笑容瞬间消失了。"我那么说了吗？我多傻呀。我一定是在想别的事。你想知道什么？"

"这个嘛，女士，只是走个形式！因为在玛丽安·哈蒙德失

---

①出自卡尔的另一部作品《至死不渝》。

去知觉前，你是最后一个见过她的人……"

"是我？为什么会有人这么想？"

博士迷惑不解地看着她。

"我们的朋友哈蒙德，"他咕哝道，"——呃——向我复述了今晚早些时候你和他在图书室里的谈话。你还记得那次谈话吗？"

"记得。"

"大约十一点半左右，玛丽安·哈蒙德走进图书室，打断了你们的谈话。显然你送了一份礼物给她。哈蒙德小姐说她也有一份礼物作为回礼。她叫你先到她的房间里去，并说等她和她哥哥说完话就上来找你。"博士清了清嗓子，"你还记得吗？"

"哦，记得！当然记得！"

"那么，你应该真的去了她的房间吧？"

"看我多傻呀！——是的，我当然去了。"

"你从图书室出来后就直接上楼了，女士？"

费伊摇摇头，全神贯注地听着他说话。"没有。我想玛丽安有——私事要和哈蒙德先生在那儿谈，我想她可能要过一会儿才会谈完。所以我先回了自己房间，换上睡衣，再换上拖鞋。然后才上来。"

"耽搁了多久？"

"十分钟到十五分钟，大概。玛丽安已经比我先到了。"

"后来呢？"

月亮渐渐落下，光华变得稀薄。这是夜的转折点，对病人而言，是死神降临或匆匆经过的时刻。在他们的南面和东面，耸立着征服者威廉曾在其中狩猎的橡树和山毛榉森林。这是一片比威廉一世更古老的森林，因年代久远，渐已有了裂缝，开始枯萎。

它整晚都很安静，此刻却随着微风喃喃低语。月光下，红色变成了灰黑色，那正是费伊嚅动的双唇的颜色。

"我送给玛丽安的礼物，"她解释道，"是一小瓶法国香水。欢乐三号。"

博士扶了扶眼镜。"哦，是吗？就是现在床头柜上的那个红金相间的小瓶子吗？"

"我、我想应该是的。"又是那种可怕的微笑，嘴唇弯曲的弧度，"总之，她把香水放在床头柜上，就在灯的旁边。她当时坐在那儿的一张椅子里。"

"然后呢？"

"那瓶香水不算什么，但她似乎特别高兴。她给了我一盒巧克力，差不多有四分之一磅。现在就在楼下我的房间里。"

"然后呢？"

"我不知道你想让我说什么，真的。我们聊了聊。我平静不下来，一直在屋里走来走去……"

（迈尔斯·哈蒙德的脑海里涌出许多画面。几个小时前，当他离开图书馆时，他记得自己曾经仰起头，看到一个女人的影子从灯光中掠过，孤独地映在新森林的苍翠屏幕上。）

"玛丽安问我为什么焦躁不安，我说我不知道。大部分时间都是她在说话，谈论她的未婚夫、兄长以及她对未来的计划。提灯就放在床头柜上，我告诉你了吗？还有那瓶香水。大约是午夜时刻，她突然停了下来，她说：'好了！我们都该上床睡觉了。'所以我就下楼去休息了。恐怕我只能告诉你这些。"

"哈蒙德小姐一点儿也不紧张，也不担心什么吗？"

"并没有！"

博士咕哝了一声。他把熄灭的烟斗塞进口袋里，然后故意摘下眼镜，放到离眼睛几英尺远的地方，像画家似的眯起眼睛仔细端详，尽管在那种光线下，他根本看不见眼镜。他呼哧呼哧的喘息声和——陷入深思的迹象——变得更加响亮了。

"你肯定知道，哈蒙德小姐险些受惊吓致死？"

"知道。那一定很可怕。"

"那么，"博士用同样的语调继续说，"你自己有什么理论，能解释大约六年前霍华德·布鲁克在亨利四世之塔上同样神秘地死亡吗？"

博士没有给她回答的时间，他仍然举着眼镜，似乎全神贯注地注视着眼镜，用随意的口吻补充道："有些人，西顿小姐，非常热衷于写信。他们会在信中向远方的人倾诉他们做梦也不敢告诉周围人的话。你——嗯——也许注意到了？"

在迈尔斯·哈蒙德看来，这次谈话的整体气氛似乎发生了微妙的变化。博士又开口了。"你游泳游得好吗，西顿小姐？"

停顿。

"还不错。但我不敢游得太猛，因为心脏的问题。"

"不过，女士，恕我冒昧地猜测一下，如果有必要的话，你也可以潜泳吧？"

此刻，一阵风悄悄地吹过森林，蜿蜒回旋，发出低语。迈尔斯确信气氛已经改变了。这不仅是微妙的变化，对费伊·西顿来说，空气中充满情绪，也许是致命的。他刚才在厨房里烧水时也曾感觉到那种无声的爆发。整条走廊被淹没在看不见的浪潮中。费伊知道。博士也知道。费伊的嘴唇翕动，露出闪着微光的牙齿。

就在这时，在费伊为逃离博士而轻率地后退一步时，玛丽安卧室的门打开了。

黄色的灯光洒进了走廊。乔治·安托万·利高的衬衫袖子高高挽起，他以一种近乎疯狂的神情看着他们。"告诉你们，"他喊道，"我无法让这位女士的心脏跳动太久了。那位医生在哪儿？医生怎么还没到？怎么耽搁这么久……"利高教授努力控制自己。

　　迈尔斯稍稍挪动，向利高身后望去，通过敞开的门，他可以看到卧室里的一些情况。他看见玛丽安，他的亲妹妹玛丽安，躺在那张愈发凌乱的床上。那把对入侵者没起到任何震慑作用的点三二左轮手枪，已从床上滑落到了地板上。玛丽安的黑发散在枕头上。她的双臂张开，一侧袖子挽起，胳膊上有皮下注射的痕迹。她像是一件祭品。

　　就在那一刻，仅仅通过一个动作，新森林的恐怖感顿时袭上每个人的心头。

　　利高教授看到了费伊·西顿的脸。乔治·安托万·利高——文学大师，世故之人，人类弱点的宽容观察者——本能地抬起手，做了一个抵御邪眼的手势①。

---

①在世界各地的许多文化中，邪眼（the evil eye）都被认为是一种超自然的邪恶力量，邪眼的注视会招来不幸。抵御邪眼的常用手势有两种，一是 fig sign，即把拇指夹在食指与中指之间，露出拇指第一个指节，同时弯曲其他手指成拳状；二是 horned sign，即把食指与小指伸直，同时用拇指压住弯下的中指和无名指，此手势在重金属摇滚亚文化中也经常出现。

第十二章

迈尔斯·哈蒙德做了一个梦。

那个星期六的夜晚，在灰林小筑，他没睡觉——情况确实如此——他梦见自己在楼下的起居室里，在一盏明亮的夜灯下，坐在一张安乐椅中，正在从一本大书中摘抄笔记。

那段话是这么说的：

"在斯拉夫地区，流行的民间传说认为吸血鬼仅是一具活的尸体，也就是说，白天被关在棺材里，只有在入夜后才会出来狩猎。在西欧，特别是在法国，吸血鬼则是一种在社群中公然过着正常生活的恶魔，但在睡眠或恍惚中，它能够以稻草或旋转的薄雾等形式投射其灵魂，使之呈现出可见的躯体形状。"

迈尔斯点了点头，在这段文字下面画了线。

"'Creberrima fama est multique se expertos uel ab eis,'引用对后者起源的一种可能解释，'qui expert essent, de quorum fide dubitandum non esset, audisse confirmant, Siluanos et Panes, quos uulgo incubus uocant, improbos saepe extitisse mulieribus et earum adpetisse ac perigisse concubitum, ut hoc negare impudentiae uideatur.'"

"我得把这段翻译一下。"梦中的迈尔斯自言自语,"不知道图书室里有没有拉丁语词典。"

于是他进图书室翻找,但他始终知道谁会在那里等着他。

在研究摄政时代的历史时,迈尔斯曾一度着迷于帕梅拉·霍伊特夫人——一百四十年前的宫廷美人,精力充沛,有些放荡,也许还是个杀人犯。在梦中,他知道自己会在图书室里遇到帕梅拉·霍伊特夫人。

到目前为止还没有恐怖的感觉。图书室看起来和往常一样,高高低低的书堆散落在地板上,布满灰尘。帕梅拉·霍伊特坐在一堆书上,头戴宽边草帽,身穿一件摄政时代的细纹薄纱高腰长袍。她对面坐着费伊·西顿。两人看起来都同样真实,他没有察觉到任何异常。

"不知你们能否告诉我,"迈尔斯在梦中说,"我叔父这里有拉丁语词典吗?"

他听到她们无声的回答,如果可以这样说的话。

"我认为他没有,"帕梅拉夫人礼貌地回答,费伊·西顿也摇了摇头,"不过你可以上楼去问他。"

窗外划过一道闪电。突然,迈尔斯强烈地感到不情愿,他不想上楼去问叔父拉丁语词典的事。即便在梦中他也知道查尔斯叔父已经死了,但这并不是他不愿上楼的原因。那种不情愿变成了恐惧,冷冷地在他的血管里凝固。他不去!他不能去!但有什么东西驱使他去。在此期间,帕梅拉·霍伊特和费伊·西顿一直张着大大的眼睛,如蜡像般一动不动地坐着。雷声震耳欲聋……

迈尔斯惊醒了,明亮的阳光照在他脸上。他坐起身,感觉到椅子两边的扶手。他确实在楼下的起居室里,蜷缩在壁炉旁的织锦椅子里。在回味梦境的片刻中,他疯狂地半期待看到费伊和死去的帕梅拉·霍伊特从他身后的图书室大门里走出来。

但这里还是那个熟悉的房间，壁炉架上方是达·芬奇的画，阳光柔和灿烂。电话铃响得刺耳。听到铃声时，迈尔斯回想起前一晚发生的事。

玛丽安没事了，而且会好起来的。加维斯医生说她已经脱离危险了。

是的！博士睡在楼上迈尔斯的房间里，利高教授则睡在史蒂夫·柯蒂斯的房间里：这是灰林小筑仅有的另外两间可供借宿的卧室。这就是他蜷缩在楼下椅子上的原因。

像是个清爽而安宁的早晨，灰林小筑给人寂静、空旷、洗刷一新的感觉，尽管从太阳高度判断，肯定已经过十一点了。宽阔的窗台上，电话铃还在响个不停。他跌跌撞撞地走过去，舒展肌肉，拎起听筒。

"请问我可以和迈尔斯·哈蒙德先生通话吗？"一个声音问道，"我是芭芭拉·莫雷尔。"

迈尔斯一下子清醒了。"我就是。"他回答，"你——我之前问过你一次——不会碰巧懂读心术吧？"

"为什么这么说？"

迈尔斯坐在地板上，背靠窗台下面的墙壁：这不是个体面的姿势，但这给了他一种与电话对面的人推心置腹谈话的感觉。

"就算你不给我打电话，"他接着说，"我本来也要设法联系你的。"

"哦？为什么？"

不知何故，听到她的声音迈尔斯感到非常愉快。他想，芭芭拉·莫雷尔没有什么微妙之处。正因为她在谋杀俱乐部玩的那个把戏，她才显得像孩童一样容易被看穿。

"菲尔博士在我这儿……不，不，他不生气！他都没怎么提起俱乐部！……昨晚他尝试让费伊·西顿承认些什么，但没有成功。他说现在你是我们最后的希望了。他说，如果你不帮我们，我们可能就完了。"

"我觉得，"芭芭拉的声音怀疑地说，"我听不太明白。"

"你看！听着！如果我今天下午去城里，能见到你吗？"

停顿。

"能见到吧，我觉得。"

"今天是星期天。我记得下午一点半有一趟火车。"他回忆道，"没错，我敢肯定，一点半有一趟。大约需要两个小时。咱们在哪儿见面？"

芭芭拉似乎在思考。"我可以去滑铁卢车站接你。然后我们就到什么地方喝杯茶吧。"

"好极了！"前一晚的迷惑再次笼罩住他，"我现在唯一能告诉你的是，昨晚这里发生了一件非常糟糕的事。我妹妹在卧室里出事了，似乎超出了人类的想象。我们能找到一个解释就好了……"

迈尔斯抬头看了一眼。

史蒂夫·柯蒂斯——神情镇静，认真地正了正帽子和身上的灰色双排扣外套，手里拿着一把卷起的雨伞——史蒂夫·柯蒂斯从会客厅轻快地走了进来，听到迈尔斯的最后一句话，停了下来。

迈尔斯之前十分畏惧把此事告诉史蒂夫——玛丽安的精神伴侣。当然，现在一切都过去了。玛丽安不会死的。同时，他急匆匆地对电话说："对不起，我现在得挂了，芭芭拉。回头见。"然后他就挂断了电话。

史蒂夫的眉头中透出隐隐的担心，看着自己未来的大舅子坐在地板上，没刮胡子，邋里邋遢的，头发也乱七八糟。"我说老兄——"

"已经没事了！"迈尔斯一跃而起，向他保证道，"玛丽安已经挺过来了，她会好起来的。加维斯医生说——"

"玛丽安？"史蒂夫的声调变高了，血色瞬间从脸上消失，"什么事？怎么回事？"

"昨晚有什么东西或是什么人进了她的房间，差点儿把她吓死。不过她两三天就能恢复，你不用担心。"

有那么几秒钟，迈尔斯不敢看他的眼睛，两人都没有说话。史蒂夫向前走去。史蒂夫，这个颇有自制力的男人，用有力的手指紧紧攥住卷起的伞柄。他故意把伞高高地举到空中，然后又故意把它砸在窗下的桌子边缘。

雨伞落下，金属柄弯折，伞骨绷断，外面是一叠黑布。一堆无用的东西，一个全无生气的物件，不知怎的，看起来可怜得就像一只被射杀的鸟。

"我猜是那个该死的图书管理员吧？"史蒂夫的语气堪称平静。

"你为什么要这么说？"

"我不知道。但我昨天在车站时就知道，我从骨子里感觉到了，我试着警告你们两个，有麻烦要来了。有些人无论走到哪里都会引起麻烦。"他的太阳穴附近现出一条蓝色的充血静脉，"玛丽安！"

"她的命，史蒂夫，是利高教授救下来的。我想我还没跟你提过他。他在你房间里睡着了，不过现在请别叫醒他，他这一晚上太辛苦了。"

史蒂夫转过身，走到西墙那排白色的低矮书架前，书架上方挂着镶框的大幅肖像。他背对着迈尔斯站在那儿，双手摊开，撑在书架上。过了一会儿，他转过身来，迈尔斯看到他的眼睛里有泪水，感到十分尴尬。

两人突然都迫不及待地谈起琐事。

"你——呃——刚到这里吗？"迈尔斯问。

"是的。我赶九点半的火车过来的。"

"车上挤吗？"

"挺挤的。她在哪儿？"

"楼上。她现在睡着了。"

"我能看看她吗？"

"当然可以。我说了，她没事！不过你步子轻一些，其他人都还睡着。"

然而，并不是所有人都睡着。当史蒂夫转身朝会客厅走去时，菲尔博士庞大的身形出现在门口。他端着一杯放在托盘上的茶，表情疑惑，仿佛不知道茶是怎么跑到那里去的。

通常情况下，史蒂夫·柯蒂斯在家里撞见身份不明的客人时，就会像在吃早餐发现家里多了个新成员一样感到震惊。可是现在，他几乎没有注意到菲尔博士；博士的出现似乎只是一个提醒，提醒他还戴着帽子。史蒂夫在门口又转过身来。他摘下帽子，看向迈尔斯。史蒂夫几乎已经秃了，现在连他那漂亮的小胡子也显得乱七八糟的，他挣扎着想说些什么。

"你和你那个该死的谋杀俱乐部！"他清楚而恶毒地咒骂，然后离开。

菲尔博士清了清嗓子，端着托盘上的茶杯，迟疑地缓缓向前走来。

"早上好。"他声音低沉，看起来不太舒服，"那位是？"

"史蒂夫·柯蒂斯。没错，就是他。"

"我——啊，这杯茶是给你沏的。"博士说着，把托盘往前送了送。"刚沏的时候还很烫，"他争辩般地补充道，"然后我好像开始想别的事，所以等我往里倒牛奶时，已经过去半个小时。恐怕现在已经凉了。"

菲尔博士说得很严肃，迈尔斯听得也很认真，两人都全神贯注。

"没关系，"迈尔斯说，"非常感谢。"

他将茶一饮而尽，把杯子和托盘放在身旁的地板上，起身坐到壁炉边的大椅子里。迈尔斯在酝酿情绪，他知道自己一定会爆发。

"这整件事，"他说，"都是我的错。"

"冷静！"菲尔博士厉声说道。

"这是我的错，菲尔博士。是我把费伊·西顿请来这里的。只有仁慈的主知道我为什么这么做，然后事情就闹成了这样。你听到史蒂夫说的话了吗？"

"哪一句？"

"有些人无论走到哪里都会引起麻烦。"

"我听到了。"

"昨晚我们都一宿没睡，累得筋疲力尽，"迈尔斯继续说，"当利高做出那个抵御邪眼的手势时，就算我看到地狱大门霎时打开也不会感到惊讶。在光天化日之下，"他朝东侧的窗户点点头，示意金色阳光下的灰绿森林，"你很难对吸血鬼的尖牙产生切实的恐惧。但是……有什么东西在兴风作浪。给它接触到的一切带来痛苦和灾难的东西。你理解我的意思吗？"

"啊，我理解。但在你自责之前——"

"嗯？"

"我们是不是应该先确认一下，"菲尔博士说，"那个兴风作浪的人真的就是费伊·西顿小姐吗？"

迈尔斯猛地坐直了身子。

菲尔博士透过歪戴的眼镜斜眼看着他，脸上露出极度痛苦的神情，伸手在那件松松垮垮的驼毛大衣口袋里摸索。他拿出海泡石烟斗，又从一个大袋子里取烟草填充。他费力地坐进一张大椅子里，摊开身子，划了根火柴，点燃烟斗。

"先生，"他喷出一口烟，兴奋起来，"我昨天读利高的手稿时就无法相信他的吸血鬼理论。说实话，我可以相信存在大白天出现的吸血鬼。我甚至可以相信吸血鬼会用剑杖杀人。但我不能相信——在任何时候都不能相信的是——吸血鬼会去偷别人装满钱的公文包。

"这让我觉得事情有些蹊跷。但这一点并不能令我说服自己。然后在昨天深夜，当你向我转述费伊·西顿的说法时——顺便说一句，其中有一点细节是手稿中没有提到的——我眼前似乎出现了一幅画面。在整个过程中，我看到的不是真正的魔鬼，而是藏在人心中的魔鬼。

"接着，令妹就受到了惊吓。

"那就不一样了，老天！那可真是撒旦的触摸，现在仍然无法解释。

"在搞清楚房间里或窗户外出现的是什么之前，我们无法对费伊·西顿做出任何最终裁决。废塔上的谋杀案和令妹受惊吓的事件，这两件事是有联系的。它们互相缠绕，锁死在一起。而且两件事似乎都围绕着这位红头发的古怪姑娘。"他沉默了一会儿，"原谅我提个私人问题，你可是碰巧爱上她了吗？"

迈尔斯直视对方的眼睛。"我不知道，"他坦率地回答，"她……"

"令你心绪不宁？"

"这么说真是太委婉了。"

"假如她是——呃——一个罪犯，不管是自然的还是超自然的，会对你的态度有什么影响吗？"

"看在上帝的分儿上，你也在警告我要提防她吗？"

"不是！"菲尔博士吼道，板起面孔，一拳狠狠打在椅子扶手上，"恰恰相反！如果我胡思乱想的一个假设是正确的，那么有许多人应该跪在尘土中乞求她的原谅。不，先生，我只是以利高所谓的'学术方式'提出这个问题：倘若费伊·西顿是罪犯，你的态度会有什么不同吗？"

"不，这不会影响我。我们并不是因为一个女人品德高尚才爱上她的。"

"这虽然没有得到普遍承认，但的确是句实话。"博士沉思着，在海泡石烟斗上吸了几口，说道，"同时，整件事让我越发不安。一者的动机似乎与另一者的动机完全对不上。如果我说得太隐晦，还请见谅。

"昨晚我询问过西顿小姐，"他继续说，"我也暗示了她。今天，我提议直白地质问她。但我担心这恐怕没什么好处。最好的办法也许是与芭芭拉·莫雷尔小姐取得联系……"

"对了！"迈尔斯站起身来，"我已经和芭芭拉·莫雷尔联系上了！你进来前不到五分钟，她打电话来了！"

"嗯？"博士立即警觉起来，"她找你有什么事？"

"回想起来，"迈尔斯说，"我完全不知道。我忘了问她。"

菲尔博士瞪了他许久。

"我的孩子，"菲尔博士长叹了一口气，"我越来越觉得你和我是精神上的亲属。我努力克制自己不下疯狂的论断，因为那是我常有的倾向。那么，你又对她说了些什么？你问她吉姆·莫雷尔的事了吗？"

"没有。史蒂夫·柯蒂斯正好进来了，我没时间问她。但我记得你说过，这个问题或许能帮助我们获取信息，所以我已和她约定今天在城里见面。我应该出门去，"迈尔斯痛苦地补充道，"加维斯医生正在为玛丽安找一位护士，大家都说我只会添乱，而且我还是一头引狼入室的蠢猪。"

迈尔斯的心绪和意志都越来越消沉。

"费伊·西顿是无辜的！"他喊道。要不是劳伦斯·加维斯医生把头伸进了会客厅的门口，他可能还会继续强调这一点。

加维斯医生是一位面容和蔼的中年人，头发花白，仪表整洁，一手拿着圆顶礼帽，一手拿着药箱。他显然心里有什么事，犹豫了一下才走进来。

"哈蒙德先生，"他对迈尔斯和博士笑了笑，"在我下次来看病人之前，能不能和你说句话？"

"当然可以。有什么话都可以在博士面前说。"

加维斯医生关上门，转过身来。

"哈蒙德先生，"他说，"我不知道你是否介意告诉我，是什么把病人吓成了这样？"

他举起了拿着圆顶礼帽的手。

"我之所以这么问，"他继续说，"因为这是我接诊过的最严重的单纯神经休克。我想说的是，神经休克几乎总是伴随着生理伤害。但是，这位病人在生理上没有受到任何伤害。"他犹豫了一下，"这位女士平时就容易高度紧张吗？"

"不，不是。"迈尔斯说，感到喉咙发紧。

"确实，我也不这么认为。医学上看，她的身体非常健康。"医生顿了顿，略有些不安，"显然是窗外有人针对她？"

"这就是问题所在，医生。我们不知道发生了什么。"

"这样啊，我明白了。我原以为你能告诉我——没有其他迹象表明……进了窃贼吗？"

"我并没有发现。"

"你通知警方了吗？"

"上帝啊，没有！"迈尔斯脱口而出，然后镇定了下来，恢复了从容，"你能理解的，医生，我们不想让警察卷入这件事。"

"是的。当然。"加维斯医生眼睛盯着地毯的图案，慢慢地用圆顶礼帽轻敲腿侧，"这位女士平时没有——幻觉吧？"

"没有。你为什么这么问？"

"是这样，"医生抬起眼睛，"她不停地嘀咕着，一遍又一遍，说听到有人在她耳边低声耳语。"

"低声耳语？"

"是的。这让我很担心。"

"但'低声耳语'，即便有人对她耳语，也不会导致……"

"没错，我也是这么想的。"

低声耳语……

这个诡异的字眼，伴随着鬼祟的声调，似乎飘荡在他们之间。加维斯医生仍用圆顶礼帽慢慢地敲着腿。

"好吧！"他从沉思中惊醒，看了看手表，"我敢说我们很快就能查清楚。同时，就像我昨晚告诉二位的，已经不用太担心了。我运气不错，已经找到了一位护士，她此刻就在外面。"加维斯医生转向门口。"不过此事的确非常令人不安，"他补充说，

134

"给病人复诊之后我会再来看看你。我最好也去看看另一位女士——是叫西顿小姐吗？昨天晚上她似乎没什么血色，这不太正常。告辞。"

门在他身后关上了。

第十三章

"我想，"迈尔斯机械地说，"我最好去看看我们大家早饭吃些什么。"但他只朝餐厅方向走了两步。"耳语！"他说，"菲尔博士，这一切的答案到底是什么？"

"先生，"菲尔博士回答，"我不知道。"

"你从中发现了什么新线索吗？"

"很不幸，没有。吸血鬼——"

"我们一定要用这个词吗？"

"民间传说中，吸血鬼会在被害者耳边轻声低语，然后被害者受到影响，进入恍惚状态。但关键是，没有哪个吸血鬼，不管是真的还是假的，没有哪个装神弄鬼的家伙能对令妹产生哪怕丝毫的影响，对吗？"

"我发誓，确实如此。昨晚我已给你讲了一个事例来证明。对玛丽安来说，"他努力寻找合适的字眼，"这种传说她根本不会放在心上。"

"你会说她完全没有想象力吗？"

"不管对谁来说，这句话都有点太重了。但她肯定对这类事情完全不屑一顾。当我试着和她谈论超自然现象时，她甚至让我觉得自己十分愚蠢。而当我谈到卡廖斯特罗伯爵时——"

"卡廖斯特罗？"菲尔博士对他眨眨眼睛，"怎么突然谈起……哦！我明白了！是利高的书吧？"

"对。据费伊·西顿说，玛丽安似乎有一个相当模糊而诚恳的想法，她以为卡廖斯特罗是我的一位私人朋友。"

菲尔博士的胡思乱想又发作了。他向后靠在椅子上，烟斗已经熄灭，他盯着天花板的一个角落沉思了许久，迈尔斯甚至以为他患了强直性昏厥。接着，迈尔斯看到博士的眼中出现了缥缈的闪光，脸上露出了茫然的笑容，一连串咯咯的笑声逐渐从他的背心马甲里跑出来。

"你知道，这是一个有趣的话题。"菲尔博士沉思道。

"吸血鬼？"迈尔斯痛苦地问。

"卡廖斯特罗。"菲尔博士回答。

他拿着烟斗比了个手势。

"这个历史人物，"他继续说，"让我一直很讨厌，但又暗暗地钦佩。胖墩墩的小个子意大利人，眼珠滴溜乱转，自称因为喝了自制的长生不老药而有两千岁了！一位巫师、炼金术士、灵疗师！穿着镶满钻石的红马甲在十八世纪晚期的舞台上纵横驰骋！从巴黎的宫殿到圣彼得堡的王庭，无人不为他惊叹！他创立了埃及共济会，并允许女性入会。他对女弟子训话时，所有人都赤身裸体！他点石成金！他未卜先知！更不可思议的是，他居然始终逍遥法外！

"那人的诡计从未被揭露过，你知道吧。他身败名裂是因为被卷入了玛丽·安托瓦内特的钻石项链事件，但伯爵与这件事毫无关系。

"但我认为他最有趣的事迹是在圣克劳德街那栋神秘的房子里举行的通灵晚宴。六位伟人的鬼魂被郑重地从阴影中召唤出来，与六位活着的客人坐在一起共进晚餐。

"一位传记作家写道：'起初，谈话并不顺畅。'在我看来，这是典型的轻描淡写。如果是我在那张餐桌旁，要求伏尔泰递盐瓶，或是问舒瓦瑟尔公爵①觉得午餐肉味道如何，我也会口干舌燥，说不出话来。从宴会当晚谈话的质量来判断，那几位鬼魂似乎也很尴尬。

"不，先生，让我再说一遍，我不喜欢卡廖斯特罗伯爵。我不喜欢他的故弄玄虚，就像我不喜欢任何人的故弄玄虚一样。但我承认，他有一种良好的观念：事情一定要办得漂亮，办得干净利索。而英格兰正是江湖骗子和冒名顶替者之乡，因而极大地吸引了他的注意。"

因为职业的缘故，迈尔斯·哈蒙德不自觉地产生了兴趣，并插话抗议。"英格兰？"他重复道，"你说英格兰？"

"是的。"

"如果我没记错的话，卡廖斯特罗曾两次访问伦敦。对他来说，那些是非常不幸的时刻……"

"哈！"菲尔博士表示同意，"但他是在伦敦加入秘密社团的，这使他后来有了建立自己的秘密社团的想法。如今的魔术圈应该去杰拉德街，去从前的国王脑袋酒馆，在那里竖一块牌匾。杰拉德街！哦！没错！顺便说一句，那里离我们两天前原本要见面的贝尔特林餐厅很近，而芭芭拉·莫雷尔小姐说……"

菲尔博士突然停下了。

他的双手伸向额头。海泡石烟斗不经意地从嘴里掉了出来，撞在他的膝盖上，弹了一下，滚到地板上。接着，他好像凝结成

---

① 舒瓦瑟尔公爵 (Duke Choiseul, 1719—1785)，法国军官、外交官和政治家，在路易十五时期享有极大权势。

了一个影子，一动不动，连喘息的声音都听不见了。

"请原谅我。"他立刻说道，把手从额头上拿开，"在这世上，心不在焉终究是有用处的。我想我明白了。"

"明白什么了？"迈尔斯大声问道。

"我知道是什么吓坏了令妹。——让我单独待一会儿！"菲尔博士恳求道，神情狂野，声音令人怜悯，"当时她的身体已经放松了！处在彻底放松状态！我们亲眼看到的！但同时……"

"怎么了？你想说什么？"

"这是设计好的。"菲尔博士说道，"是蓄意的、野蛮的诡计。"他似乎被自己的推论吓到了，"那一定意味着，但求上帝保佑，那——"

他再次意识到了另一件事，这次的领悟是缓慢发生的，就像一束探索之光从一个房间射入另一个房间。仿佛迈尔斯可以跟随他大脑的运转，读懂他眼睛的移动（因为博士并不是一张扑克脸），却无法看穿那最后一扇噩梦之门，窥视外面的东西。

"我们上楼去吧，"菲尔博士终于说道，"去看看有没有证据证明我是对的。"

迈尔斯点点头。他默默地跟在菲尔博士身后，此时重重地挂着手杖，走向玛丽安的卧室。博士身上放射出一种确定性的光亮，一种炽热的能量，使迈尔斯确信他们已经打通了一道障碍。而在此以后，危险即将降临。在此以后，他们正朝着麻烦的方向奔跑。有一种凶恶的力量，菲尔博士知道那是什么。我们要杀死它，否则它就会杀死我们。保护好自己吧，因为游戏已经开始了。

菲尔博士轻敲卧室的门，一位穿制服的年轻护士开了门。

尽管有阳光和干净的空气，屋里还是显得昏暗，并有点闷。

两扇窗户都拉上了薄薄的蓝色镶金边窗帘。遮光用的窗帘几个星期前被移走了，所以微弱的阳光透了进来。玛丽安正睡着，穿戴整洁，躺在一张同样整洁的床铺上。房间里收拾得井井有条，一看便知有专业护士照料。护士此时正端着一个洗手盆，从门口往后挪了挪。史蒂夫·柯蒂斯，可怜的人，耸着肩膀站在五斗橱旁边。加维斯医生刚做完复查正要离开，他惊讶地环顾四周。

菲尔博士向他走去。

"先生，"他的声音引起了在场所有人的注意，"昨晚我有幸听你说，你听过我的名字。"

医生鞠躬致意，略带询问的神色。

"我并不是医生，"菲尔博士说道，"除了一般人可能具备的医学常识之外，我也不懂任何其他医学知识。你可以拒绝我即将提出的要求，你完全有权这样做，但我想检查一下你的病人。"

劳伦斯·加维斯医生显出内心的不安。他朝床的方向瞥了一眼。

"检查病人？"加维斯医生重复道。

"我想检查一下她的颈部和牙齿。"

停顿。

"可是，我亲爱的先生！"在菲尔博士开始查看之前，医生就大声抗议起来，"这位女士身上没有任何伤口，也没有任何印记！"

"先生，"菲尔博士回答，"我知道这一点。"

"如果你担心的是某种药物或者类似的东西……"

"我知道，"菲尔博士小心翼翼地宣布，"哈蒙德小姐生理上没有受伤。我知道没有任何涉及药品或毒剂的可能性。我知道她的状况仅仅是由恐惧导致的。但我还是想检查一下颈部和牙齿。"

医生挥动圆顶礼帽做了个无可奈何的手势。"那么你请吧，"他说，"彼得斯小姐！请把窗帘拉开一点儿。失陪了，我得去楼下看看西顿小姐。"

然而，当菲尔博士走近床铺时，医生仍在门口徘徊。史蒂夫·柯蒂斯疑惑地瞥了迈尔斯一眼，对方只是耸耸肩作为回答。史蒂夫把南边窗户上的窗帘拉开了几英寸。一小束日光洒落在床上。他们站在一片染上蓝色的黄昏中，一动不动。鸟儿在窗外斗嘴，菲尔博士弯下腰。

迈尔斯看不清菲尔博士在做什么。玛丽安的上半身的位置露出了毯子和折叠整齐的床单，但完全被博士宽阔的后背遮住了。玛丽安也没有要做出任何反应的征兆。

可以听到某人的手表——实际上是加维斯医生的腕表——发出清晰的嘀嗒声。

"怎么样？"加维斯医生问道。他在门口不耐烦地晃动身体。"有没有发现什么？"

"没有。"菲尔博士绝望地回答，然后挺直身体，重新挂起靠在床边的手杖。他转过身来，开始一边喃喃自语，一边用左手扶住眼镜，望着床边的地毯。

"没有，"他补充说，"我什么也没发现。"他直直地盯着前方，"不过，等一下！有一种检验之法！我一时想不起它的名字了，但我起誓，有那么一种检验之法！绝对可以证明……"

"证明什么？"

"证明恶灵的存在。"菲尔博士说。

彼得斯护士处理洗脸盆时发出轻微的磕碰声。

加维斯医生仍保持镇静。"你当然是在开玩笑。而且不管怎样，"他的声音变得急促起来，"恐怕我不能再允许你打扰病人了。柯蒂斯先生，你最好也一起出来！"

当菲尔博士、迈尔斯和史蒂夫鱼贯而出时，加维斯医生像牧羊犬般站在一旁，然后关上了门。

"先生，"菲尔博士说道，赫然举起手杖，在空中挥动，"整个笑话就在于，我并不是在开玩笑。我记得——嗯——你说你要下楼去看望费伊·西顿小姐。她不会是病了吧？"

"哦，没有。那位女士今天一大早有些紧张，我给她打了镇静剂。"

"那么，能不能麻烦你请西顿小姐在方便的时候到楼上走廊来，和我们一起？也就是，"菲尔博士说，"昨晚上我们进行了那场有趣谈话的地方。请你转达一下这个口信，好吗？"

眉毛花白的加维斯医生仔细观察着菲尔博士。

"我不明白这里到底出了什么事。"他慢慢说道，犹豫了一下，"也许我还是不要搞明白的好。"他再次犹豫片刻，"我会转达你的口信。告辞。"

迈尔斯看着他从容不迫地沿着走廊离开，然后他摇了摇史蒂夫·柯蒂斯的胳膊。

史蒂夫弓背耸肩倚在墙上，就像衣帽钩上挂着的一件东西。"这件事真是该死，史蒂夫！可你得振作起来！"迈尔斯劝慰他，"也没必要把事情想得太严重。你一定也听到了，医生说玛丽安没有生命危险。毕竟，她也是我妹妹！"

史蒂夫站直身体。"嗯，"他慢吞吞地回应，"我想她确实没危险了。但说到底，她只是你妹妹。而她对于我……"

"是的，我懂。"

"不，你不懂。这就是问题所在，迈尔斯。你从来都不是很喜欢玛丽安，不是吗？不过说到关心别人，你和你的那个女朋友怎么样了？那个图书管理员？"

"我和她怎么了？"

"她毒死过人，不是吗？"

"你什么意思，什么叫她毒死过人？"

"昨天下午我们在滑铁卢喝茶时，"史蒂夫说，"我记得听玛丽安说，好像这个叫费伊什么的人，犯了给他人下毒的罪行。"说到这里，史蒂夫开始大叫起来，"你会在乎自己亲妹妹的死活吗？当然不会！可这世上的什么闲事你都愿意操心，你甘愿搞乱所有事，得罪所有人，就为了你从阴沟里捡来的那个小荡妇——"

"史蒂夫！你冷静点儿！你这是怎么了？"

一种震惊的神情缓缓掠过史蒂夫·柯蒂斯的脸，他的眼中流露出错愕。漂亮的小胡子下的嘴巴大张着。他抬起一只手，拨弄着领带。他摇摇头，像要把什么东西清理掉。当他再次开口时，语气里带着悔意。

"对不起，老兄，"史蒂夫咕哝着，尴尬地朝迈尔斯的胳膊打了一下，"我也不知道自己是怎么了，我不该说出那种话的！但你能明白我的感受，出了这么诡异的事，我却一点儿也无法理解。我得去躺下歇一会儿。"

"等一下！回来！别去那个房间！"

"嗯？哪个房间？"

"别回你自己的卧室，史蒂夫！利高教授正在里面睡觉，而且——"

"噢！还有利高教授，这样不行，那样也不行！"史蒂夫恨恨地说道，像被人追赶一般从后楼梯冲了下去。

真是一波未平，一波又起！

迈尔斯想，现在史蒂夫也被卷入了这股风浪。它似乎沾染了灰林小筑里发生的每一件事，激发了每一种思绪。但他仍然拒绝，强烈地拒绝相信任何不利于费伊·西顿的东西。但菲尔博士那句话里的"恶灵"是什么意思？肯定不是字面上的意义吧？迈尔斯转过身，发现菲尔博士的目光正盯着自己。

"你大概在想，"菲尔博士说道，"我要找西顿小姐做什么？很简单，我想知道真相。"

"关于什么的真相？"

"关于霍华德·布鲁克被谋杀和昨晚恐怖事件的真相。"菲尔博士答道，"为了她的灵魂，她现在不能也不敢回避问题了。我想我们几分钟内就能解决这件事。"

他们听到远处的前楼梯上传来匆匆的脚步声。一个人影出现在狭长走廊的另一端。迈尔斯看到那是劳伦斯·加维斯医生，当他看到加维斯医生迈着急促的步伐时，他产生了一种飞向真理之心的预感。

医生似乎过了很久才走到他们跟前。"我想我最好上来告诉你们，"他宣布道，"西顿小姐走了。"

菲尔博士的手杖"咚"一声掉落在光秃秃的地板上。

"走了？"声音沙哑，他不得不清清嗓子。

"她——呃——把这个留给了哈蒙德先生。"加维斯又急忙修正道，"我认为她离开了。我发现了这个，"他举起一个未启的信封，"就靠在她卧室的枕头上。"

迈尔斯接过信封，上面的字迹清晰优雅，写着由他亲启。他用手指把信封翻了过去，一时没有勇气打开。不过当他终于咬紧牙关撕开信封时，里面折好的字条让他略放心了一些。

尊敬的哈蒙德先生，

抱歉地告知你，我今天有事，不得不去伦敦一趟。现在我想，留着伦敦城里的小房间确实是明智的做法。公文包也的确很实用，不是吗？请不要担心，天黑之后我会回来。

你真诚的，

费伊·西顿

本来十分晴朗的天色，现在蒙上了几缕乌黑的烟云：一片变幻的天空，一片不安的天空。迈尔斯把信拿到窗前，大声读了起来。就在此时，他看到了"公文包"这个不祥的字眼。

"啊，我的上帝啊！"菲尔博士喘着粗气叹道。这声感慨很简单，正如一个人目睹悲剧或毁灭时的反应。"我应该猜到的。我应该猜到的。我应该猜到的！"

"怎么了？"迈尔斯问，"费伊说她天黑之后就会回来的。"

"是的，哦，天黑之后。"菲尔博士翻了个白眼，"不知她是什么时候离开的？我想知道她是什么时候离开这里的！"

"我可不知道，"加维斯急忙说，"别看我！"

"但一定有人看见她走了！"菲尔博士大吼，"这么一个显眼的姑娘！高个子，红头发，大概穿着……"

玛丽安卧室的门开了，彼得斯小姐探出头来。她正要抗议外面太吵闹，却看见加维斯医生也在。

"哦，我不知道你在这儿，医生。"护士用责备的语气尖锐地低声说道。接着，出于人类的好奇心，她犹豫地补充道："请原谅，如果你们几位在找刚刚描述的那位女士……"

博士庞大的身躯转了过来。"你说什么？"

"我想我可能看见她了。"护士回答。

"什么时候？"菲尔博士吼道。护士嘘了他一声。

"在哪里看见的？"

"大概……四十五分钟之前，就在我骑自行车来这里的时候。在大路上，她上了公共汽车。"

"公共汽车，"菲尔博士问道，"能把她送到南安普敦中央火车站吗？啊！坐那辆公共汽车的话，能赶上哪趟去伦敦的火车？"

"一点半有一趟。"加维斯回答，"搭乘那趟的话，她的时间很充裕。"

"一点半的？"迈尔斯·哈蒙德重复道，"我也要坐那趟！我本来打算坐公共汽车赶那趟火车的……"

"你恐怕赶不上了，"加维斯纠正道，脸上带着相当紧张的微笑，"搭公共汽车是绝对赶不上的，开私家车也悬，除非你开得像马尔科姆·坎贝尔[1]那么快。现在已经一点十分了。"

"听我说，"菲尔博士用一种很少使用的严肃声音说道，他的手落在迈尔斯的肩膀上，"你要赶上一点半的那趟火车。"

"但那是不可能的！确实有个家伙做往返车站的接送生意——史蒂夫总是找他——但他开到这里要花很长时间。这是不可能的！"

"你忘了，利高借来的车还停在外面车道上。"菲尔博士的眼中流露出一种狂野而紧张的神情，"听我说！"他强调道，"一定要追上费伊·西顿，这是生死攸关的大事。生死攸关。你愿意尽力去赶那趟火车吗？"

---

①马尔科姆·坎贝尔（Malcolm Campbell, 1885—1948），英国赛车手，汽车杂志记者，曾多次打破水上和陆上速度纪录。

"见鬼，那我必须得去了。我得把车开到每小时九十英里。但是，假如我真没赶上呢？"

"我不知道！"菲尔博士咆哮着用拳头敲自己的太阳穴，似乎身体正遭受痛楚，"她在字条里提道'城里的小房间'，她是要去那里——是的，她当然是去那里！你有她在伦敦的地址吗？"

"没有。她直接从职业介绍所来找我的。"

"这样的话，"菲尔博士说，"你只有赶上那趟火车了。一会儿我会尽量跟你解释的。但我现在就要警告你，如果那位女士想实施她的计划，就一定会有可怕的事情发生。这绝对是生死攸关的问题。你千万要赶上那趟火车！"

第十四章

警卫的哨声尖厉地响起。

最后两三扇门"砰"的一声关上了。一点半开往伦敦的火车平稳地滑出了南安普顿中央车站，速度渐渐加快，车窗似乎一闪而过。

"我告诉你，你赶不上的！"史蒂夫·柯蒂斯气喘吁吁地说。

"想打赌吗？"迈尔斯从牙缝里挤出一句，"你把车开回去吧，史蒂夫。我能赶上。"

"火车已经开得那么快了，千万别往上跳！"史蒂夫喊道，"别跳……"

声音渐渐飘散。迈尔斯在头等座吸烟隔间的一扇门边疯狂地奔跑。他躲开一辆行李车，抓住了车门把手，有人在冲他大声喊叫。火车在他左手边，所以跳上去并不容易。

他猛地推开门，起跳时感觉到身体失去平衡，后背传来剧烈的刺痛。他摇摇晃晃地落在门边，关上了身后的门，旧疾引发的眩晕感充斥脑中。

他成功了。他和费伊·西顿坐上了同一列火车。迈尔斯站在敞开的车窗前，气喘吁吁，眼前发黑。他望向窗外，听着车轮发出咔嗒、咔嗒的声响。气息稍稍平复后，他转过身来。

十双眼睛看着他，目光中的嫌恶之情几乎不加掩饰。

头等座隔间名义上仅容纳六人，现在两边各挤了五个人。对于火车乘客来说，迟到的人在最后一刻才上车总是叫他们觉得生气，而这是一个尤其糟糕的例子。虽然没有人说什么，但车厢里的气氛冰冷，只有一位胖乎乎的空军妇女辅助队员给了他一个鼓励的眼神。

"我——呃，对不起，给各位添麻烦了。"迈尔斯说道。

他茫然地想，要不要从查斯特菲尔德勋爵①的书信中引用一句格言，但他意识到气氛不合适，何况他还有其他事要担心。

迈尔斯匆忙地迈步，跌跌撞撞地走到通往走廊的门前。他走出去，在一阵"谢天谢地"的感叹中关上了门。他站在原地思考。他的模样还算体面。他用凉水洗了脸，用干剃刀硬生生地刮了胡子，不过空荡荡的肚子在大声叫唤。这并不重要。

最重要的是马上找到费伊。

这趟列车不算长，人也不算太多。也就是说，乘客们挤在座位上，像尸体一样双手平摊护在胸口，还试图读报。另有几十个人站在走廊的行李堆里。但是很少有人真的站在车厢隔间里，除了那些拿着三等座车票的胖女人。她们会站到头等座隔间里，浑身发射出责备之意，直到某位心怀愧疚的男士给她们让座。

迈尔斯沿着走廊前行，不时被行李绊倒，和排队上厕所的人纠缠在一起，与此同时，他试着在脑子里构思一篇哲学论文。他对自己说，他正在观察整个英格兰的横截面。随着雨丝摇曳，绿色的乡村从窗外闪过，他向一个又一个隔间投去凝视的目光。但实际上，他脑中并没有什么哲思。

---

①查斯特菲尔德勋爵（Lord Chesterfield，1694—1773），英国著名政治家、外交家及文学家。尤因写给儿子的家书备受英国人推崇。

在整趟列车内走过一遍之后，他有些担忧。第二遍之后，他开始惊慌。第三遍之后……

费伊·西顿可能没上这列火车！

稳住，稳住！别瞎想了！费伊肯定就在这里！

可他没找到。

迈尔斯站在列车中间段的走廊上，紧紧抓住窗栏杆，试着镇静下来。下午的天气变得越发温暖，天色却越发阴暗。乌黑的云团似乎和火车喷出的烟雾混在了一起。迈尔斯凝视着窗外，直到移动的风景变得模糊。他仿佛看到了菲尔博士惊恐的面庞，仿佛听到了菲尔博士的声音。

当时菲尔博士一边往迈尔斯的口袋里塞饼干充作早餐，一边用那种空洞无物的语气说出了那句"解释"，一句意味不甚明确的指示。

"找到她，守着她！找到她，守着她！"这就是他的重担，"如果她坚持要今晚回灰林小筑，那没关系——其实这大概是最好的选择——但你要守着她，一分钟也不要离开她身边！"

"她有危险吗？"

"在我看来，是的。"菲尔博士答道，"如果你想看到她被证明是清白无辜的，"菲尔博士犹豫了一下，"至少洗清那项针对她的最坏指控，那么看在老天的分儿上，照我说的做！"

针对她的最坏指控？

迈尔斯摇摇头。火车猛地一晃，把他从沉思中惊醒。费伊要么错过了火车——这似乎不可能，除非是公共汽车半路抛锚——要么，更可能的是，她最终决定返回灰林小筑。

而此刻他正朝相反的方向飞驰，远离一切可能发生的事。但是……等一下！还有希望！……菲尔博士预言"可怕的事"只有

150

在费伊去了伦敦并实施她计划的情况下才会发生。那就意味着他没有什么好担心的。还是说，事实并非如此？

迈尔斯印象中的旅途从未像这次一样漫长。这趟火车是快车，即便他想下车折返也不可能了。雨滴像鞭子抽打在车窗上。迈尔斯遇到了像野营团一样从隔间涌入走廊的一大家子人。他们想起三明治放在一个手提箱里，而那个箱子被压在其他旅客堆积如山的行李下面，于是一时间车厢里上演了一出堪比搬家日的狂野场景。三点四十分，列车驶入了滑铁卢车站。

芭芭拉·莫雷尔就站在栏杆外面等着他。

迈尔斯见到她便觉得高兴，焦虑一下子都驱散了。火车隆隆的声响穿过栏杆，围绕着他们，好似一股洪流。车站扩音器里传来优雅而空洞的广播声。

"你好。"芭芭拉招呼道。她似乎比他记忆中要冷漠得多。

"你好。"迈尔斯回应，"我——呃——真的不愿意让你赶到车站来接我。"

"哦，没关系。"芭芭拉说。现在，他清楚地回忆起那双灰色的眼睛和长长的睫毛。"而且，我今晚还得去办公室。"

"去办公室？星期天晚上？"

"我在舰队街上班①，"芭芭拉说，"我是个记者。所以我说自己'不算是'写小说的。"她把这个话题抛到一边，一双灰眼睛暗中打量着迈尔斯。"你怎么了？"她突然问，"出什么事了？你看起来……"

"有大麻烦了。"迈尔斯脱口而出。不知何故，他觉得自己在这个女孩面前可以畅所欲言。"我本应该不惜一切代价找到费

①直至二十世纪八十年代，许多英国媒体都在舰队街（Fleet Street）办公，这里至今仍是英国媒体的代名词。

伊·西顿的。一切都取决于此。我们都以为她就在这列火车上。可现在我不知道该怎么办了，因为她没搭这趟车。"

"她没搭这趟车吗？"芭芭拉问道，杏眼圆睁，"可是费伊·西顿在车上啊！她比你早出站不到二十秒！"

"去往霍尼顿的旅客，"扩音器专横地广播，"请到九号站台外排队！去往霍尼顿的旅客……"

响亮程度击败了车站里任何其他噪声。迈尔斯仿佛重返梦魇。

"你一定是眼花了！"他说道，"我告诉你她没搭这趟车！"他焦躁地环顾四周，一个新的想法突然冒了出来。"等一下！所以你到底还是认识她的？"

"不认识！之前我从没见过她！"

"那你怎么知道刚才出站的是费伊·西顿？"

"我看过那张照片啊。利高教授周五晚上给我们看的那张上色照片。而且，我……我以为她是跟你一起来的。所以我本不打算接你出站了。或者至少——我也不知道。怎么了？"

这真是一场彻彻底底的灾难。

我并没有疯，迈尔斯告诉自己，我没喝醉，眼睛也没瞎，我发誓费伊·西顿不在那列火车上。他脑海中浮现出诡谲的画面，一张白皙的面孔和一张红红的嘴。这些画面就像一株株异域植物，在滑铁卢车站和刚才那趟火车的现世气氛中迅速枯萎。

他低头看向芭芭拉的金发和灰眸，他意识到她是多么正常——就是这样！在这潭阴暗的浑水中一种可爱的正常。同时，他也回想起自上次见到她后发生的一切。

玛丽安在灰林小筑昏睡不醒，却不是因为受到毒药或利刃的伤害。菲尔博士也提到了一个恶灵。这些事都不是幻想，而是事实。迈尔斯还记得这天上午自己曾有过的念头：有一种凶恶的力量，菲尔博士知道那是什么。我们要杀死它，否则它就会杀死我们。上帝知道，游戏已经开始了。

就在芭芭拉说出那番话的瞬间，这一切都在他的脑海中闪过。

"你看见费伊·西顿从车站大门出来，"他说，"然后她往哪个方向走了？"

"我不知道。人太多了。"

"等一下！我们还没输！昨晚上利高教授告诉我……是的，他也在灰林小筑！……你昨天给他打电话了，你说你知道费伊的地址。她在伦敦城里租了一个房间，菲尔博士说她会直接去那里。你真的知道她的地址吗？"

"我知道！"芭芭拉穿着合身的套装和白衬衫，肩头披着雨衣，胳膊上挂着一把雨伞。她打开手提包摸索，取出一本通讯录，"在这里。博尔索弗巷五号，可是……"

"博尔索弗巷在哪儿？"

"博尔索弗街在卡姆登镇的卡姆登高街附近。我——我之前犹豫要不要去看看她，所以提前查过这个地方。这是一个相当脏乱的街区，想来她比我们所有人生活得都更艰难。"

"要尽快去那儿该怎么走？"

"坐地铁就很方便。从这里就可以直接到，不用换其他线路。"

"那她一定是去坐地铁了，我敢赌上五英镑！她最多比我们提前两分钟！我们也许还能赶上！走吧！"

赐给我一些运气吧！迈尔斯心中暗暗祈祷。给我来一张好牌吧，至少不要太差！不久之后，他们冲出买票的队伍，跑入令人窒息的地下深处，迷宫一般的地铁线路在此交会。迈尔斯抽到了他的牌。

两人走上北线的站台，听到列车驶来的隆隆声。他们在站台的一侧尽头，乘客们沿着一百多码长的站台四散站立。在这个半圆柱形的洞穴里，人的视线变得模糊。墙上原本贴着雪白的瓷砖，现在肮脏又昏暗。

红色的列车在狂风中冲出隧道，缓缓停下。他看到了费伊·西顿。

他从车窗的反光中看到了她，车窗外的防爆网现在已都移除。她就在站台另一端的尽头，靠近车头的地方。车门打开，她迈了进去。

"费伊！"他高喊，"费伊！"

她完全听不到。

"本次列车去往艾奇韦尔方向！"警卫大声报站，"去往艾奇韦尔方向！"

"别往那头跑了！"芭芭拉提醒他，"车门关闭之后我们就会彻底跟丢。现在就上车不是更好吗？"

就在车门关闭之前，他们钻进了地铁的最后一节禁烟车厢。车厢里只有一个警察、一个昏昏欲睡的澳大利亚士兵，还有一个守在控制按钮面板旁的警卫。迈尔斯只瞥见一眼费伊的脸，那张面孔看起来暴躁、心事重重，带着昨晚上那种古怪的微笑。真让人抓狂，离她这么近，却又……

"如果我能去前面的车厢——"

"别去！"芭芭拉劝阻他，指了指告示牌，"列车行驶期间请勿在车厢之间走动"，她又示意车厢里还有警察和警卫。"你可不想现在就被抓起来吧，嗯？"

"不想。"

"她会在卡姆登镇站下车的。我们也在那站下。你坐在这儿。"

地铁在隧道内飞驰，他们耳边传来一阵轻柔的轰鸣。列车吱嘎作响，绕过一个弯道。灯光透过毛玻璃洒出来，在座椅衬垫上颠簸。迈尔斯因疑虑而神经紧绷，他坐到芭芭拉身旁的一个脸朝前的双人座位上。

"我不喜欢问太多问题，"芭芭拉继续说，"但自从跟你通过电话后，好奇心就快把我逼疯了。为什么我们这么着急要追上费伊·西顿？"

地铁停下来，滑动门打开。

"查令十字街到了！"警卫认真地高声报站，"本次列车去往艾奇韦尔方向！"

迈尔斯一跃而起。

"别往前去了，我们在这节车厢没问题的，"芭芭拉恳求道，"如果菲尔博士说她要去自己的住处，那她肯定是在卡姆登镇下车。这段时间里能出什么大事呢？"

"我不知道，"迈尔斯承认，"你看，"他又坐了下来，用自己的双手握住她的一只手，"我刚认识你不久，不过，在我能想到的所有人里，我现在只想和你说话。你介意我这么说吗？"

"不介意，"芭芭拉说着移开目光，"我不介意。"

"不知道你的周末过得怎么样，"迈尔斯继续说，"但我们那里只有一场关于吸血鬼的低俗恐怖秀，还险些闹出了凶杀案……"

"你说什么？"她迅速缩回了手。

"你没听错！而且菲尔博士说，你或许能提供一项极其重要的信息，虽然我不知道那是什么。"他停顿了一下，"吉姆·莫雷尔是谁？"

地铁呼啸着钻进隧道，通风窗口的微风拂过他们的发梢。

"你们不能把他扯进这件事里。"芭芭拉的手指紧紧攥着手提包，"他不知道关于布鲁克先生之死的任何情况，他从来都不知道！他——"

"那当然了！但是，你能告诉我他是谁吗？

"他是我哥哥。"芭芭拉舔了舔她光滑的粉色双唇。她的嘴并不像此刻第一节车厢里那位消沉的蓝眸女士一样充满魅力、令人陶醉。迈尔斯把这个念头甩出脑海。这时芭芭拉急忙发问："你是从哪里听说他的？"

"费伊·西顿说的。"

"哦？"她瞪了他一眼。

"我一会儿就把事情的原委告诉你。得先弄清楚一些事。令兄……现在他人在哪里？"

"他在加拿大。他在德国当了三年战俘，我们都以为他已经阵亡。由于健康问题，他被送到了加拿大。战前，吉姆是一位颇有名气的画家。"

"我知道他是哈利·布鲁克的朋友。"

"是的。"芭芭拉开始讲述，声音很轻，但字字清晰，"他是哈利·布鲁克的朋友，那头令人不齿的猪猡。"

"斯特兰德到了！"警卫大喊，"本次列车去往艾奇韦尔方向！"

迈尔斯下意识地认真聆听报站声，聆听隆隆车轮的每一次减速，聆听滑动门打开时发出的每一声撞击和叹息。有一个词是他万万不能错过的——"卡姆登镇"。"在我告诉你事情原委之前，我必须先说明一件事，"迈尔斯继续往下说，他感到一阵不适，但又决心要面对，"是这样的：我相信费伊·西顿。因为这句话，我差不多跟所有人都闹翻了：跟我妹妹玛丽安，史蒂夫·柯蒂斯，利高教授，甚至可能还有菲尔博士，尽管我不太确定他的立场。既然你是第一个警告我要提防她的人……"

"我警告你要提防她？"

"对啊。你没警告过我吗？"

"哦？"芭芭拉·莫雷尔深吸一口气。她从迈尔斯身边往后退了一点，圆柱形隧道漆黑的弧形墙壁从窗外飞过。她用一种极其恍惚的口吻说出那个单音节，好像不敢相信自己的耳朵。

迈尔斯本能地感觉到整件事情又要发生变化了：有些东西不仅搞错了，而且是致命的错误。芭芭拉瞪着他，张着嘴。迈尔斯看到她的目光在他脸上搜寻，然后那双灰眼睛中逐渐露出理解的神色，还夹杂着怀疑。接着，她半带笑容，夸张地做了一个无可奈何的手势……

"你以为，"她问道，"我是让你——"

"对啊！你不是那个意思吗？"

"听着，"芭芭拉把手放在他的胳膊上，目光清澈，真诚地说道，"我并不是在警告你提防她。我是在想你能不能帮帮她。费伊·西顿是……"

"是什么？"

"费伊·西顿是我所知的最被误解、最受折磨、最遭伤害的人。我只是想知道她是否有可能犯下这桩谋杀案，因为我不了解关于这起案件的任何细节。你知道的，假如她真的杀了人，也算是罪有应得。但是根据利高教授的陈述，你也做出了相同的判断——她没有杀人。我智穷计尽了。"

芭芭拉轻轻地比了一个手势。

"你可能还记得，在贝尔特林餐厅那晚，我对什么背景故事

157

都不感兴趣，除了那桩谋杀案本身。凶案之前发生的事，像是指控她不道德，还有——还有那件差点儿害她被乡下人用石头砸的荒唐事，这些都无关紧要。因为这些从头到尾都是对她蓄意的、残酷的陷害。"

芭芭拉的声音提高了。"我知道这一点。我能证明。我有一整包书信可以证明。那个女人深受谣言之害，流言蜚语使警察对她产生了偏见，甚至还可能毁掉她的一生。我本可以帮她的。我能帮她。但我太懦弱了！我太懦弱了！我太懦弱了！"

第十五章

"莱斯特广场!"警卫报站。

一两个人走进来,但又长又热的地铁车厢里仍然几乎是空的。澳大利亚士兵打起鼾来。一个按钮叮叮当当地响着,与远在前方的司机通信。门轰隆隆地关上了。离卡姆登镇站依旧很远。

迈尔斯浑然不觉。他的思绪又回到了贝尔特林餐厅二层的包间里,观察芭芭拉·莫雷尔如何面对餐桌对面的利高教授。他注视她眼中的神色,聆听隐藏在她呼吸中的好奇惊叹——带着怀疑或蔑视——认为霍华德·布鲁克在里昂信贷银行里大声诅咒费伊·西顿的那句话根本无足轻重。

芭芭拉当时的每一句话,每一个手势都令迈尔斯感到困惑,此刻却都符合逻辑了。

"利高教授,"芭芭拉继续说,"非常善于观察描述事物的表象。但他从来意识不到表象之下是什么。当他说自己好比是瞎眼蝙蝠的时候,我真想擦眼泪。因为从某种意义上说,这是完全正确的评价。

"一整个夏天,利高教授都在哈利·布鲁克的肩头俯视。他对哈利说教,塑造他,影响他,但他却始终没猜到真相。哈利虽然有运动天赋和英俊的容貌——而且,"芭芭拉轻蔑地说,"一

159

定是那种奶油小生的英俊——可他却是个冷酷无情、一意孤行的人。"

（冷酷无情。冷酷无情。迈尔斯最近在哪儿听过这个词来着？）

芭芭拉咬了咬嘴唇。"你还记得吗，哈利一心想当画家？"

"嗯，我记得。"

"而且他还为此事与父母争吵？然后，就像利高教授描述的那样，他会用力打网球，或是呆坐在草地上，'面色惨白，神情凝重，咬牙切齿地念念有词'？"

"这段我也记得。"

"哈利知道这是他父母永远不会同意的事。他们真的很娇惯他，但正因为他们娇惯他，所以才绝不会同意。而他根本——根本没种，他不舍得放弃大笔金钱，不甘心自己从头开始奋斗。我为自己的措辞道歉，"芭芭拉无奈地补充道，"但我说的是实话。所以，早在费伊·西顿出现之前，哈利就已经开始在他那可怕的小脑瓜里酝酿诡计，以迫使父母同意。

"然后，费伊去了那里，成了他父亲的秘书，他终于看见了机会。

"我——我从来没见过那个女人，"芭芭拉沉吟道，"我只能通过书信中的描述来判断她。我可能全搞错了。但我觉得她是一个被动而善良的人，完全没有处世经验，有些浪漫幻想，没有多少幽默感。

"哈利·布鲁克想出了一个办法。首先，他假装自己爱上了费伊……"

"假装爱上她？"

"是的。"

迈尔斯隐约看到了诡计的影子。接着它就变得无法逃避，注定要发生……

"托登罕宫路到了！"

"等一下，"迈尔斯喃喃地说，"有句老话说，不管针对哪个男人，有两条谣言总是很有市场，其一就是说此人酗酒。我们或许可以补充一句：不管针对哪个女人，同样有两条谣言总是很有市场……"

"其一就是说她品格奇差，"芭芭拉脸涨得有些红，"而且跟当地的每个男人都有一腿。她越安静、越低调，尤其是她不直视你的眼睛，对高尔夫、网球等愚蠢的活动也没兴趣，那么人们就越相信其中一定有什么鬼。

"哈利的计划就有这么冷酷。他打算给他父亲寄大量匿名信，信中把费伊·西顿描述得十分不堪……"

"匿名信！"迈尔斯惊叹道。

"然后哈利就会开始传播关于费伊·西顿的谣言，把她的名字和这家的让和那家的雅克联系起来。布鲁克夫妇原本就不希望他跟任何人结婚，听说这些丑闻之后必然会惊慌，然后恳求儿子与费伊断绝关系。

"哈利已经做好铺垫，他编造了一个完全虚假的故事，说他第一次向费伊求婚时对方拒绝了他，并暗示她不能答应是出于某种可怕而隐秘的原因。他把这套说法告诉了利高教授，可怜的老利高又复述给了我们。你还记得吗？"

迈尔斯点点头。

"我还记得，"他说，"昨晚我向费伊·西顿提起此事时，她……"

"她怎么了？"

"没什么，你继续说！"

"随着传言越来越多，哈利的父母势必会恳求他取消婚约。哈利则会表现得十分高尚，断然拒绝父母的要求。他越是拒绝，布鲁克夫妇就越是抓狂。最后，哈利会做出一副不堪重负的模样，甚至泪流满面，然后他会说：'好吧，我跟她分手。但是，如果我真的愿意放弃她，你们可以送我去巴黎学两年绘画吗，好让我忘记她？'

"如果事情到了那步田地，他们难道还会不同意吗？我们都明白家人的意义。他们当然会同意！他们还会觉得如释重负。

"只是，"芭芭拉补充道，"你看，事情并没有按照哈利的小阴谋向前发展。

"那些匿名信令他父亲非常担心，布鲁克先生甚至不愿向太太提起。哈利在当地散播谣言的计划则彻底失败了。法国人只会耸耸肩，说一句'那又怎样？'他们有农活儿要干，他们有庄稼要收。这种事只要不耽误生产劳动就不会伤害到任何人。有什么大不了的呢？"芭芭拉歇斯底里地笑起来，但她随即克制住了自己。

"利高教授总是给哈利介绍犯罪学和神秘学的东西——他本人也是这么告诉我们的——正是他天真地让哈利接触到了当地人真正害怕的事，能让他们相互讨论甚至惊声尖叫的事。这种事虽然愚蠢，效果却立竿见影。哈利故意贿赂那个十六岁的男孩，让他在自己的脖子上伪造咬痕，然后开始散播一个关于吸血鬼的故事……

"你现在明白了，不是吗？"

"古吉街到了！"

"哈利当然知道，他父亲是不会相信关于吸血鬼的那些胡话的。哈利也不想让他父亲相信这些。布鲁克先生将会听到的，在沙特尔的每个角落都流传的，是他儿子的未婚妻在夜间频频造访皮埃尔·弗雷纳克，还有……还有其他的闲话。那就够了。那已经绰绰有余了。"

迈尔斯·哈蒙德哆嗦了一下。

地铁轰鸣着，在破旧的隧道里继续前进。灯光在车厢内的金属和装饰上晃动。在芭芭拉的讲述中，迈尔斯清楚地看到了悲剧的来临，仿佛他还不知道这出悲剧已然发生。

"我并不怀疑你告诉我的这些事。"他说着从口袋里掏出一个钥匙扣，狠狠地扭了一下，好像要把它掰成两半，"但你是怎么知道这些细节的？"

"哈利把这些都写信告诉我哥哥了！"芭芭拉高声说道。

她沉默了一会儿。"你看，吉姆是一位画家。哈利非常崇拜他。哈利认为——他真是这么想的——吉姆作为一个通晓世故的人，一定会赞成他用这个办法摆脱单调乏味的家庭气氛，而且还会夸他是个聪明的家伙。"

"你当时就知道这一切吗？"

芭芭拉杏眼圆睁。"老天，我当然不知道！那是六年前的事。我那时才满二十岁。我记得吉姆确实不断收到法国来的信，那些信件令他很担心，但他从来没有说过什么。然后……"

"然后怎么了？"

她用力咽了咽口水。"大约在那一年的八月中旬，我记得当时还留着胡子的吉姆突然从早餐桌边站起来，手里拿着一封信，他说：'我的天，那个老头儿被人谋杀了。'有一两次他提到了布鲁克案，并努力在英国报纸上寻找相关的消息。但我怎么也没办法撬开他的嘴。

"接着战争就爆发了。我们收到消息说吉姆于一九四二年阵亡，我们都以为他确实死了。我——我就翻阅了他留下的文件，并在一封封书信中发现了这个可怕的故事。我甚至了解不到什么东西，除了报刊资料里透露的少量信息：布鲁克先生是被刺伤的，警察认为是费伊·西顿小姐杀了他。

"直到最近这个星期……真是祸不单行。麻烦事总是一下子都落在你头上！"

"没错，确实如此，我可以证明。"

"华伦街到了！"

"我们办公室收到了一张新闻照片，上面是三个从法兰西归国的英国女士，其中一个是'费伊·西顿小姐，和平时期她的职业是图书管理员'。办公室的一位同事碰巧给我介绍了关于那个著名的谋杀俱乐部的一切，并说周五晚上的演讲者是利高教授，他是布鲁克案的目击证人。"

此刻芭芭拉的眼里噙着泪水。"利高教授讨厌记者。他本来就不愿意在谋杀俱乐部演讲，因为他害怕他们会叫来媒体。我无法私下接近他，除非我拿出那捆信件以说明我为什么感兴趣。但我不能那么做——你明白吗？——我不能让吉姆的名字卷进这桩案件中，万一最后出了什么可怕的事呢？所以我……"

"所以你就想在贝尔特林餐厅独霸利高？"

"是的。"她迅速点点头，然后凝视窗外，"当你提到你在找一个图书管理员时，我确实暗想'上帝啊！要是……'你明白我的意思吗？"

"明白。"迈尔斯点点头，"我明白你的意思。"

"你被那张彩色照片迷住了，像是中了它的咒语，所以我心想：'要是我把事情告诉此人呢？如果他想招聘一位图书管理员，我是不是可以请他去找费伊·西顿呢？然后让他告诉西顿小姐，这世上还有人知道她是被人陷害的。他原本就可能见到她，但我是不是应该直接请他去找她呢？'"

"那你当时为什么不向我和盘托出？"

芭芭拉攥着提包的手指扭曲起来。"我不知道。"她急忙摇摇头，"正如我当时对你说的，那只是我的一个愚蠢的想法。也许我还有点厌恶这么做，因为你明显被她迷住了。"

"可问题是——"

芭芭拉打断了他的话。"可问题是：你和我又能为她做些什么呢？显然他们不相信她犯了谋杀罪，这是最重要的。她是许多肮脏谎言的牺牲品，那些谣言足以毁掉任何人的生活，但失去的声誉是无法挽回的。就算我不是个怯懦的人，我又能帮上什么忙呢？我告诉过你，就在我跳下那辆出租车之前，我不知道自己现在还有什么用！"

"那么，那些信件中没有关于布鲁克先生被谋杀的任何信息吗？"

"没有！你看！"

芭芭拉眨眼忍住泪水，满脸通红，满头灰金色长发的脑袋低了下来。她在手提包里摸索着，拿出四张叠好的信笺，上面密密麻麻写满了字。

"这是哈利·布鲁克给吉姆写的最后一封信。"她说道，"就是谋杀案发生的当天下午写的。他先幸灾乐祸了一番——抹黑费伊的奸计得逞，他实现了自己的目的。然后信突然中断了。你再看最后这部分！"

"老天哪！"迈尔斯把钥匙扣放回口袋，伸手接过信。信件结尾处的字迹十分潦草扭曲，现在想来显然是写信者情绪激动所致。继续写信的时间是"下午六点四十五分"。随着地铁车厢的震颤，文字在迈尔斯眼前舞动。

> 吉姆，刚才发生了一件可怕的事。我的父亲被人杀了。利高和我把他留在废塔上，然后有人上去捅了他一剑。我必须赶快把这封信寄出，好恳求你看在上帝的分儿上，老兄，千万别把我信中的事告诉别人。如果是费伊因为老家伙想收买她而发疯杀了人，我可不希望让任何人知道我一直在传她的闲话。那样的话，事情会变得很难堪，而且我也不希望事情发展到今天这个地步。求你了，老兄。
>
> 匆忙搁笔，
> 哈·布

迈尔斯感受到令人不悦的野蛮本性从文字中喷薄而出，他仿佛能看到执笔之人的模样。

他直勾勾地盯着前方，思绪翻飞，忘记了现实。对哈利·布鲁克的愤怒笼罩了他的头脑，使他疯狂，也使他虚弱。一想到自己从来没有怀疑过哈利·布鲁克的品格……然而潜意识里，他没有怀疑过吗？利高教授错误地估计了这个讨人喜欢的年轻人的动机。但是利高清晰地描绘出了哈利紧张不安的精神状态。迈尔斯曾经用"神经质"一词来形容他。

哈利·布鲁克为了实现自己的目的，蓄意地、残酷地编造了这一整套该死的……

如果迈尔斯曾怀疑自己是否爱上了费伊·西顿，那么他现在不再怀疑了。

费伊是完全无辜的，却饱受迷惑和惊吓的折磨，一想到这一点，无论是迈尔斯的心灵还是他的想象都无法抗拒。他竟然对她有过一丝怀疑，他诅咒自己。他一直隔着扭曲的镜片观察一切，他心中的排斥感和迷恋混杂在一处，他一直在想那双蓝眼睛的后面可能隐藏着什么样的邪恶力量。然而一直以来……

"她是无辜的，"迈尔斯说，"她没有任何罪。"

"的确。"

"我来告诉你费伊是怎么看待自己的。不要以为我这么说是夸张或者矫情。她觉得自己被诅咒了。"

"你为什么这么想？"

"这不是我臆想出来的。我就是知道。这种强烈的信念攫住了她，这就是她昨晚各种行为背后的原因。不管是对是错，她都觉得自己无法摆脱某些东西，觉得自己被诅咒了。我不是要假装自己能解释发生的事情，但这些情况我还是有把握的。

"更重要的是，她有危险。菲尔博士说，如果她尝试实施她的计划，就会有事情发生。所以他说我必须不惜一切代价追上她，一刻也不能和她失去联系。他说这是生死攸关的事。所以，但愿老天肯帮忙，让我追上她！她遭受了那样的经历，我们都亏欠她。我们一下地铁就得……"

迈尔斯突然停止了说话。

一丝淡淡的意识依旧时刻保持着警惕，刚刚在他的内耳旁拉响了警报。警报告诉他，自他进入这节地铁车厢以来，这是列车第一次在他没注意时已然到站停车了。

还没反应过来，迈尔斯就听到了那个令人紧张的声音。那是滑动门开始关上时发出的轻柔的隆隆声。

"迈尔斯！"芭芭拉喊道——她也在同一时刻回过神来。

门关上了，发出一声轻轻的"砰"。警卫按下了信号铃。地铁继续行驶，迈尔斯跳起来盯着窗外，他看到车站标牌上刺眼的

167

蓝底白字，上面写的正是"卡姆登镇"。

事后有人告诉他，他朝警卫喊了些什么，但他当时并没有意识到。他只记得自己疯狂地扑向车厢门，使劲把手指伸进接缝里，想把门拉开。有人对他说："冷静，哥们儿！"那个澳大利亚士兵醒了。警察很感兴趣地站了起来。

情况不妙。

列车飞快地驶出站台，迈尔斯站在那里，脸贴着车门的玻璃。

他看到有五六个人下了车。风从这个散发着陈腐气息的洞穴里吹过，昏暗的顶灯随风摇摆。他清楚地看到费伊，她穿着一件粗花呢开衫外套，戴着黑色贝雷帽，脸上仍是那副茫然痛苦、不堪折磨的表情。当列车载着迈尔斯驶入隧道时，她正朝出口走去。

第十六章

卡姆登镇的博尔索弗巷，天色昏黑，雨丝飞溅。

从离地铁站不远的卡姆登高街的宽阔处望去，甚至从狭窄阴暗的博尔索弗街望去，都可以看到那是砖拱门下的一条死胡同。

地上是凹凸不平的铺路石，现在被雨淋得发黑。正前方有两座遭受过空袭的房子，看起来就和普通房子一样，直到你看见破碎的窗户。巷子右侧是一家小工厂或是仓库，招牌上写着"J．明斯假牙有限公司"。左侧先是一间单层店面，用木板封了起来，还挂着从前"供应晚餐"的招牌。店面旁是两座砖砌的房子，颜色介于灰色和棕色之间，窗户上还有一些玻璃，看起来不像完全被废弃了。

这里全无任何动静，连一只流浪猫也没有。迈尔斯抓住了芭芭拉的胳膊，完全没注意到雨水已经把他淋透了。

"不用着急，"芭芭拉喃喃地说，动了动雨衣下的肩膀，手里歪歪斜斜地打着雨伞，"我们才耽误了不到十分钟。"

"但还是耽误了。"

迈尔斯知道她现在吓坏了。他们在查尔克农场站下车，立刻就坐上了反方向的列车，而路上他一直滔滔不绝地讲述前一晚发生的事。显然，芭芭拉和他一样，也不知道那些事该怎么解释，但她很害怕。

"五号，"迈尔斯念叨着门牌号，"五号。"

是巷子尽头左侧的那栋房子，与那两栋遭到空袭的房子成直角。迈尔斯拉着芭芭拉在凹凸不平的铺路石上行走，他注意到了另一件事。J.明斯有限公司阴沉沉的橱窗里摆着一副巨大无比的假牙。

作为广告展示，它或许显得有些可怕或滑稽，但如果好好拾掇一下，绝对是非常引人注意的。模型是金属质地的，牙齿和牙龈部分涂抹的颜色很自然。上下两排牙齿紧紧咬合，像巨人的牙齿脱离了躯体，陈列在暗淡的灰色光线中。迈尔斯不喜欢那些牙。他走到五号门前面时，依然能感觉到那副假牙在身后的存在。眼前的门板已被水泡得鼓胀变形，上面有一个门环。

他的手还没来得及碰到门环，一个女人就从隔壁房子一层敞开的窗里探出头来，然后把破烂的蕾丝窗帘拉开。

这是一位中年妇女，目不转睛地盯着来人，不是警惕，而是充满好奇。

"请问费伊·西顿小姐住在？"迈尔斯问道。

女人转头朝向身后的房间，显然是踢了什么东西一脚。然后她又转过头来，朝五号门的方向点点头。"二楼左前那间。"

"我——呃——就直接走进去？"

"不然呢？"

"我明白了。多谢。"

女人严肃地点了一下头，又严肃地退回屋内。迈尔斯转动门把手，打开了门。他请芭芭拉先进，两人走入一段有楼梯的走廊。带着霉味的空气迎面扑来。迈尔斯关上身后的门时，眼前黑得几乎看不清楼梯的轮廓。他隐约听到雨点打在天窗上的声音。

"我不喜欢这里。"芭芭拉低声说，"她为什么要住在这样的地方？"

"你知道现在伦敦的情况。你买不到任何东西，不管是用爱还是金钱。"

"可她去了灰林小筑之后，为什么还留着这个房间呢？"

迈尔斯也想过这个问题。他同样不喜欢这个地方。他想大喊费伊的名字，确认她确实在这里。

"二楼左前，"迈尔斯说，"小心楼梯。"

他们爬上陡峭的楼梯，转过一个险峻弯道，踏上一段通往房子前侧的狭窄过道。过道尽头有一扇窗户，其中一格是用硬纸板补好的，可以俯瞰博尔索弗巷。光线从窗户外透进来，他们能看到过道两边各有一扇紧闭的门。几秒钟后，当迈尔斯向左侧的门走去时，更多的光照了进来。

迈尔斯的心提到了嗓子眼儿，他刚举起一只手要去敲门，前窗外就闪过一道相当明亮的光芒，几乎点亮了铺着黑油毡的小过道。那光芒把他吓了一跳。芭芭拉也吓了一跳。迈尔斯听到她的脚后跟在油毡上刮擦。两人都瞥向窗外。

那副假牙在动。

在这百无聊赖的星期日下午，马路对面J.明斯公司的一个看门人点亮了肮脏橱窗里的灯，启动了控制牙齿的电动装置。

那副假牙缓慢地张开，又缓慢地合上：无休止地开合，吸引你的目光。粉红色的牙龈和部分发黑的牙齿裂开一张大口，又咬紧，看起来阴沉邪恶而无用，还有一点发黏。既有戏剧性效果又真实得可怕。寂静无声，毫无人味。透过被雨水模糊的窗户，假牙在过道的墙上投下了影子——慢慢地、慢慢地开合。

芭芭拉轻声说："这真是……"

"嘘——"

迈尔斯也不知道自己为什么要让芭芭拉安静；他似乎只是在想，对面橱窗里展示着拙劣的广告，而且并不是很有趣。他又举起手，敲了敲门。

片刻停顿之后，"谁？"一个平静的声音问道。

是费伊的声音。她没事。

迈尔斯一动不动地站了一两秒钟，用眼角的余光瞥见那模糊的影子在墙上开合，然后他转动门把手。门没锁。他推开门。

费伊·西顿站在一个五斗橱前，带着询问的神色望向门口。她依旧穿着那件鸽灰色连衣裙，外面披着粗花呢外套。她的表情平静，甚至有些冷淡，直到她看清来客是谁。然后她压低嗓门发出一声惊呼。

迈尔斯可以清楚地看到房间内的每一个细节，因为窗帘拉上了，屋里开着灯。一个昏黄的灯泡吊在五斗橱上方，为迈尔斯照亮了几件破旧的卧室家具、褪色的墙纸以及磨损的地毯。一个漆成黑色的沉重的大铁皮箱刚被人从床下拉出来。箱盖没有完全合严，搭扣上挂着一把小挂锁。

费伊的声音变得尖厉起来。"你来这里做什么？"

"我是跟着你过来的！我受人嘱托要跟着你！你有危险！有人——"迈尔斯迈了两步走进房间。

"恐怕你吓着我了。"费伊控制住她的情绪，把一只手按在心口。他曾见过她做这个动作。她笑了两声。"我没想到——！毕竟——"然后她又迅速问道，"同你一起来的这位是？"

"这位是莫雷尔小姐，她兄长就是——嗯，吉姆·莫雷尔。她非常想见见你。她……"

这时迈尔斯看到了五斗橱上的东西，周围的一切都似乎停止了。

起初，他看见的是一个老旧的黑色皮质公文包，已经干裂，落满灰尘，因为装了东西而鼓鼓囊囊的。软盖没系搭扣，敞开了一部分。只不过是一个旧公文包，可能属于任何人。皮包旁边是一大撂钞票，最上面那捆的面额都是二十英镑。钞票可能曾经是白色的，现在却字迹模糊，受潮晾干的地方晕开了铁锈色的斑斑污渍。

费伊看到迈尔斯眼神的方向之后，苍白的脸色变得愈加苍白了。她似乎连呼吸都有困难。

"没错，"她对他说，"那些是血迹。布鲁克先生的血，是那时染上的……"

"上帝啊，费伊！"

"这里没我的事。"芭芭拉的声音并不大，但显得有些疯狂，"我并不是真的想来，但是迈尔斯……"

"二位都请进来吧。"费伊的声音轻柔，一双蓝眼睛却不停地转来转去，像是没看见她似的，"然后把门带上。"但她的内心并不平静。表面的镇定只是出于纯粹的绝望，或是某种类似的情绪。

迈尔斯只觉得天旋地转。他小心翼翼地关上门，以便自己有几秒钟的时间思考。他轻轻地把手搭在芭芭拉的肩膀上，因为芭芭拉正打算跑出去。他环顾这间卧室，室内的空气令他感到窒息。

然后他终于能开口说话了。"可你到底是无辜的！"他的理性中有一丝绝望。他要从逻辑上说服费伊，证明她的清白，这似乎是极其重要的事。"我告诉你，这是不可能的！这是……你听我说！"

"我听着呢。"费伊说。

五斗橱旁边放着一把旧扶手椅，靠背和扶手都磨得脱线了。费伊陷进椅子里，耷拉着肩膀。虽然她的表情几乎没有改变，但泪水还是从眼中涌出，顺着脸颊流了下来。他从没见过她哭，这似乎比任何事都更糟。

"我们现在知道了，"迈尔斯说道，觉得全身麻木，"你根本没有犯下任何罪行。我听说了……我刚刚听说的！所有那些针对你的指控都是哈利·布鲁克故意捏造出来的——"

费伊猛地抬起头。"你连这个都知道了。"她说。

"更重要的是，"迈尔斯突然意识到了什么，后退两步，伸手指着她，"你自己也知道！你知道是哈利·布鲁克在造谣生事！你早就知道了！"

这不是情绪激动时灵光闪现的领悟，而是一件件事实堆积起的结论。

"所以，昨天晚上当我问你和哈利·布鲁克到底有没有结婚的时候，你才会那样疯狂地笑。所以，你才会提起污蔑你的匿名信，尽管利高从没提起过。所以，你才会提起吉姆·莫雷尔，哈利每周都会写信给这位好朋友，尽管利高从未听说过此人——你早就知道了，对不对？"

"是的。我早就知道了。"费伊的声音低若耳语。泪水仍从她的眼中流出，她的双唇也开始颤抖。

"你疯了吗，费伊？你是完全疯了吗？你为什么不说出来呢？"

"因为……哎，老天，现在说不说出来又有什么区别呢？"

"有什么区别？"迈尔斯使劲吞咽了一下，"就凭这些该死的东西——"他大步走到五斗橱前，拿起那摞钞票。那种触感让他觉得恶心。"公文包里还有三摞吧?"

"是的,"费伊说,"还有三摞。是我偷的,但我没有花。"

"说起这个,公文包里还有什么?为什么鼓鼓囊囊的?"

"别碰那个公文包!求你了!"

"好吧,我没有权利这样逼问你。这我知道。我这么做只是因为——因为这是必要的。你问说不说出来有什么区别?将近六年了,警方一直在调查案件的来龙去脉和那笔钱的下落!"

外面过道里响起漫不经心的脚步声,而他们全神贯注地谈话,直到脚步到了门口才注意到。敲门声虽然不大,却有一种不容忽视的专横。

"谁?"问话的是迈尔斯,两位女士都做不到。

"警察,"外面那个声音说,语气悠闲又专横,"我能进来看看吗?"

迈尔斯迅速把手里的那摞钞票塞进自己口袋里,动作快得就像一条出击的蛇。自己还算反应及时,他暗忖。因为外面的人没等答话就把门推开了。

房门大敞,门框里站着一个身穿雨衣、头戴圆顶礼帽的男人,身材高大,肩膀宽阔。屋内三人都以为门外是一位穿着制服的警察,至少迈尔斯已经意识到来者不善了。他隐隐约约觉得此人的五官样貌有些眼熟:灰白的小胡子剪得很短,四方的下巴,肌肉棱角分明,像是军人出身。

来人站在门口,一只手抓着门把手,一一审视面前的三人;在他身后的过道里,灯光忽明忽暗地映出那副假牙的影子。

假牙开合两次之后,来人清了清嗓子。"费伊·西顿小姐?"

费伊站起身,伸出手腕作为应答。她的动作格外优雅,超然世外,波澜不惊,像是完全忘记了脸上的泪痕。

"我叫哈德利,"陌生人自报家门,"哈德利警司,伦敦警察厅刑事侦缉科。"

现在迈尔斯明白为什么这张脸眼熟了。哈德利走到芭芭拉·莫雷尔身边。这次对来人开口的是芭芭拉。"我采访过你一次,"她的声音有些颤抖,"《晨间纪事报》。你谈了很多,但其中大部分内容你都不允许我引用。"

"没错。"哈德利表示同意,目光转向她,"你当然就是莫雷尔小姐。"他若有所思地看向迈尔斯,"而你一定就是哈蒙德先生了。你怎么把自己弄得浑身湿透了。"

"我出门的时候还没下雨。"

"最近的天气,"哈德利摇摇头说,"出门时带件雨衣总是很明智的。我可以把我的借给你,不过恐怕我自己也需要。"

这刻意营造出的社交气氛之下是致命的危险和紧张,自然不能持续很久。迈尔斯转入了正题。"警司先生!"他脱口说道,"你可不是来这里谈论天气的——你是菲尔博士的朋友。"

"没错。"哈德利表示同意。他走进房间,摘下帽子,关上了房门。

"但菲尔博士说警方是不会卷入此事的!"

"卷入什么事?"哈德利微微一笑,礼貌地问道。

"这里的随便什么事!"

"哦,那要看你到底是什么意思了。"哈德利说。

他的目光在房间里扫来扫去:费伊放在床上的手提包和黑色贝雷帽,从床底下抽出来的落满灰尘的大铁皮箱,两扇小窗户上拉得严严实实的窗帘。哈德利的目光停留在五斗橱顶上,那只公文包躺在灯光下,如此显眼。而他的眼神中并没有明显的好奇。

迈尔斯的右手紧紧抓着口袋里的钞票,像看一只驯服的老虎一样注视着哈德利。

"其实，"哈德利轻松地接着说，"我已经跟那位大师通了很长时间的电话……"

"跟菲尔博士？"

"是的。而且很多情况都不是很清楚。但是似乎，哈蒙德先生，令妹昨晚陷入险境，受了很大的惊吓。"

费伊·西顿绕着大铁皮箱走到床边，拿起她的手提包。她走到五斗橱前面，斜着举着镜子，以便更好地照到光线，然后用手帕擦去泪痕，补上粉。镜中她的眼睛茫然无神，像蓝色的弹珠，但她的胳膊肘剧烈地颤抖着。

迈尔斯依旧攥紧手里的钞票。"博士把灰林小筑发生的事告诉你了？"他问。

"是的。"

"所以警察非介入不可？"

"不，除非有人要求我们介入。而且不管怎样你都得去找地区警察，而不是伦敦警察厅。"哈德利从容地说，"是想要知道某个检验方法的名字。"

"某个检验方法？"

"一种科学检验，用来确定……嗯，他想要确定的事。他还问我有没有人知道这项检验怎么做。他说他想不起来那种检验叫什么了，只记得要用到融化的石蜡。"哈德利微微一笑，"他指的当然是冈萨雷斯检验法①。"

哈德利警司向前走来。"菲尔博士还问我，"他继续说道，"我们能否查到西顿小姐的地址，万一你，"他看向迈尔斯，

---

①冈萨雷斯检验法，即用石蜡膜提取残留物，然后进行硝烟反应检验。

"万一你错过了她的话。我说我们当然能，因为她租房时一定拿出了身份证。"哈德利停顿了一下，"顺便问一下，西顿小姐，你带身份证了吗？"

费伊的双眼望向镜中的警司。她差不多已经补完妆了，她的手很稳。"带了。"费伊回答。

"能让我看看吗，就走个形式？"

费伊从手提包里拿出那张卡片，一言不发地递给警司，然后转身回到镜子前。不知何故，当她再次拿起粉盒时，眼中又浮现出了紧张的神色。

（迈尔斯暗忖，这到底是怎么回事？）

"我注意到，西顿小姐，这上面没有之前的地址。"

"确实没有。之前六年我都住在法国。"

"明白了。那么你一定有张法国身份证吧。"

"对不起，被我弄丢了。"

"你在法国期间的职业是什么，西顿小姐？"

"我没有固定职业。"

"是吗？"哈德利浓黑的眉毛挑起来，与他铁灰的发色形成鲜明对比，"在那里弄配给口粮一定挺困难吧？"

"我没有——固定职业。"

"但我知道你好像受过当图书管理员和秘书的专业训练？"

"是的。没错。"

"回想起来，一九三九年霍华德·布鲁克先生去世前，你是他的私人秘书。对了，"哈德利仿佛突然有了一个新想法似的，"有一桩案子若能得到你的帮助，我们将不胜感激，并转告给我们的法国同事。"

（看这只硕大无朋的猫是如何接近猎物的！看它那迂回曲折

的路线！）

"不过我差点儿忘了，"哈德利一下子把这个话题抛开了，使三位听众十分惊诧，"我来这里的真正原因。"

"你来这里的真正原因？"

"是的，西顿小姐。哦——你的身份证。你不想收好吗？"

"谢谢。"费伊不得不转过身来，从他手中接过证件。她身穿那件灰色的连衣裙，外面是泛着潮气的长粗花呢外套，她背对五斗橱站着，用身体挡住了那个似乎要高喊"我在这里"的公文包。而迈尔斯·哈蒙德，即便他是一个口袋每条缝里都装满赃物的扒手，也不会比此刻更觉得如芒在背。

"菲尔博士要求我，"哈德利咄咄逼人，"用一种严格的、非官方的形式盯着你。你似乎从他身边跑掉了……"

"恐怕我不明白你的意思。我并没有跑掉。"

"你当然是打算再回去的！这我知道！"

费伊的眼睛痉挛般地合上，然后又睁开。

"就在你离开之前，西顿小姐，菲尔博士正要询问你一件很重要的事。"

"哦？"

"他指示我告诉你，他昨晚并没有提出这个问题，"哈德利继续说，"因为他当时还没有猜到此刻已然猜到的东西，而他非常想知道这个问题的答案。"哈德利的语调只有轻微的变化，他依然彬彬有礼，漫不经心。但下面一句话似乎让整个房间都升温了："我现在可以向你提出这个问题吗？"

第十七章

五斗橱上方的灯泡照在费伊的红发上，唤出了发色中的炽热气息，而她的面孔和体态则透出显而易见的冷淡。

"什么问题？"她的一只手本能地向身后的公文包移动，迈尔斯真想大声警告她。

"这个问题，"哈德利说，"与昨晚玛丽安·哈蒙德小姐受到惊吓有关系。"

费伊的手又猛地收了回来，她挺直了身体。

"恐怕，"哈德利继续说，"我必须先把情况弄清楚。别介意我的笔记本，西顿小姐！这不是官方性质的问询。我只会记下菲尔博士要求我记下的东西。"他的眼睛瞥向费伊手中的身份证。"还是说，你拒绝回答问题呢，西顿小姐？"

"我拒绝过吗？"

"谢谢。那么我问了：关于玛丽安·哈蒙德小姐受到的惊吓……"

"不是我干的！"

"你或许并不总是能意识到自己所做的事及其后果。"哈德利说道，嗓音依旧平静。"但是，"他迅速补充道，凝视的目光似乎有一种穿透性，眼睛仿佛都变大了，"我们现在讨论的不是你

180

在某件事上是否意识到自己有罪或无罪。我只是想——该怎么说呢？——想把情况摸透。据我所知，在玛丽安·哈蒙德受到惊吓之前，你是最后一个接触她的人？"

费伊迅速点点头，像被催眠了一般。

"你把她一个人留在卧室时，她的身体和精神状态都还很好，那大概是在什么时候？"

"大约在午夜。我是这么跟菲尔博士说的。"

"对，你确实是这么说的。那么在这个时候，哈蒙德小姐已经更衣了吗？"

"是的。她穿着蓝色丝绸睡衣，坐在床头柜旁边的椅子上。"

"现在，西顿小姐，请回忆一下：后来有人在哈蒙德小姐的卧室里开了一枪，你记得那大概是在几点吗？"

"恐怕我完全没概念。"

哈德利转向迈尔斯。"你能帮我们回忆一下吗，哈蒙德先生？大家对时间似乎都很模糊，包括博士自己也是一样。"

"我能帮上忙的恐怕也就是这件事了。"迈尔斯回答。他停顿了片刻，让那一幕再次回到脑海。"听到枪响后，我跑到了楼上玛丽安的卧室。利高教授也跟去了，几分钟后博士也上了楼。利高教授让我去楼下厨房给注射器消毒，并做一些杂务。我进厨房时是一点四十分。墙上挂着一面大钟，我记得自己看了时间。"

哈德利点点头。"那么枪响的时间大概是一点半，或者稍晚一点？"

"是的。我觉得是这样。"

"你同意吗，西顿小姐？"

"恐怕我是真的不记得了。"费伊耸耸肩膀，"我一直没注意时间。"

"但你确实听到了枪声？"

"是的。当时我没睡沉。"

"后来，据我所知，你溜到楼上，在卧室门口朝里看了？——什么，西顿小姐？对不起，我没听清你的回答。"

"我说：是的。"费伊圆润的嘴唇线条分明。前一晚的气氛似乎再次笼罩了她。她的呼吸急促，眼神惊惧。

"你的卧室在一楼？"

"是的。"

"当你半夜听到枪响时，你为什么觉得那声音是从楼上传来的？而且来自某个特定的房间？"

"噢，枪响后不久，我听到楼上走廊里有人跑动。夜间每个声音都能传很远。"费伊似乎第一次真正感到疑惑，"所以我想看看出了什么事。我从床上起来，裹上夹袄，穿上拖鞋，点了一盏灯，然后上楼。哈蒙德小姐的房门敞开，里面有光，于是我就走到门口往里看了看。"

"你看到了什么？"

费伊抿了抿嘴唇。"我看见哈蒙德小姐半躺在床上，手里拿着一把枪。我看见利高教授——我以前就认识这个人——站在床的另一边。我还看见，"她犹豫了一下，"迈尔斯·哈蒙德先生。我听到利高教授说那是惊吓导致的，而且哈蒙德小姐还没有死。"

"可是你没走进去？也没跟他们打招呼？"

"没有！"

"然后发生了什么？"

"我听到有人踏上走廊另一端的前楼梯，听起来异常沉重吃力，"费伊回答，"我现在知道了，那一定是菲尔博士正要上楼。当时我熄灭了手里的提灯，从后楼梯下楼。博士没有看见我。"

"是什么让你如此心烦意乱，西顿小姐？"

"让我心烦意乱？"

"当你往那个房间里看的时候，"哈德利小心翼翼、慢条斯理地说，"你看到了一件令你心烦意乱的东西。是什么？"

"我不明白！"

"西顿小姐，"哈德利一边把从胸前口袋里拿出来的笔记本放好，一边解释，"我旁敲侧击问了这么多细节，只是想提这一个问题。你看见了什么东西，那个东西使你非常不安，后来你还当着菲尔博士的面向哈蒙德先生道歉，说自己失态了。你并不是害怕，那种感受与恐惧毫无关系。到底是什么让你心烦意乱？"

费伊转身看向迈尔斯。"你告诉菲尔博士了吗？"

迈尔斯瞪着她。"告诉他什么？"

"我昨晚对你说的话，"费伊答道，手指扭曲地绞在一起，"当我们在厨房里，我——我不太对劲。"

"我什么都没告诉菲尔博士，"迈尔斯厉声回答，被一种他自己也无法理解的激烈情绪裹挟，"而且，这又有什么区别呢？"

迈尔斯朝远离费伊的方向退了一两步，他撞上了芭芭拉，芭芭拉也往后退了退。当芭芭拉把头转过来的一瞬间，她脸上的表情令迈尔斯吃惊，也使他的士气完全消沉下来。芭芭拉目不转睛地盯着费伊看了一段时间。她眼中有一种惊异的神色在慢慢生长，不是厌恶，但已非常接近厌恶。

迈尔斯想，如果芭芭拉也站到了费伊的对立面，我们还不如放弃为她辩护，早些退休算了。但芭芭拉是最不可能放弃费伊的人！迈尔斯仍未停止反击。

"我不应该回答任何问题，"他说，"如果哈德利警司并不代表警方的正式调查，他就没有权力闯进来，没有权力暗示你如果不回答就会有危险的后果。心烦意乱！遇上昨晚那样的事，谁都会心烦意乱。"他又看向费伊，"更何况，你对我说，你只是当时看到了一件之前没注意到的东西，而且……"

"啊！"哈德利长吸一口气，用圆顶礼帽敲击左手手掌，"西顿小姐当时只是看到了一件之前没注意到的东西！我们正是这么猜测的。"

费伊低声惊呼。

"你为什么不告诉我们呢，西顿小姐？"哈德利用一种极具说服力的口吻建议道，"为什么不把你想说的话彻底说出来呢？既然说到这个，你为什么不把那只公文包交出来？"他随意地指了指五斗橱顶，"包括其中的两千英镑和其他东西。为什么不——"

就在这一刻，吊在五斗橱上方的灯泡熄灭了。

没人预料到危险的降临。没人有所警觉。一切都浓缩在费伊·西顿面对哈德利、迈尔斯和芭芭拉的那个狭小空间里。

没人碰过门边的电灯开关，灯却熄了。窗户上拉着厚厚的遮光窗帘，黑暗的重压蒙在他们头上，遮住了眼前的画面，也遮住了理性的思绪。门迅速打开，外面闪过一丝微弱的光。过道里有什么朝他们冲来。

费伊·西顿尖叫起来，那叫声刺破空气。他们听到"不要，不要，不要！"的喊叫，接着是撞击声，像是有人被地板中央的大铁皮箱子绊倒了。几秒钟后，迈尔斯摆脱了那种使他们动弹不得的震惊。他在黑暗中往前冲，感觉到某人的肩膀从他身边擦过。通往过道的房门"砰"的一声关上了。有奔跑的脚步声传来。迈尔斯听到一串金属刮擦声，是芭芭拉拉开了窗帘。

灰色的光线透过雨帘从博尔索弗巷照射进来，此外还有对面那副活动假牙的灯光。哈德利警长跑到窗前，把窗格提起来，吹了一声警哨。

费伊·西顿被人朝床上猛推了一把，但没有受伤。她紧紧抓住床垫以免跌倒，然后拽着床垫跌倒在地。

"费伊！你没事吧？"

费伊根本没心思听他说话。她猛地转过身来，双眼本能地朝五斗橱顶部望去。

"你没事吧？"

"不见了。"费伊嗓音哽咽，"不见了。不见了。"

公文包已不在橱顶。费伊跃过铁皮箱，向门口奔去，动作比迈尔斯和哈德利还快。她不顾一切地狂奔，敏捷地冲入过道，朝楼梯方向跑去，迈尔斯紧追在她身后。

即便是那只公文包都无法阻挡她疯狂的脚步。

因为迈尔斯发现公文包就被丢弃在过道的地板上，在开开合合的假牙灯光下隐约可见。费伊一定是径直跑过去了，根本不可能注意到。迈尔斯大声叫她时，她已经开始下楼了。他一把抓起公文包，上下颠倒拎起来，像要用一出哑剧来吸引她的目光。包身里掉出三捆钞票，和卧室里那捆一样。除了纸币，还有一些类似砂浆的干燥沙砾掉了出来。此外公文包里没有别的东西。

迈尔斯猛地跑到楼梯口。

"在这儿呢，你听我说！没丢！掉地上了！还在这儿呢！"

她听见了吗？他不能肯定。不过片刻之后，费伊停下脚步，仰头往上看。

那一级级铺着破烂油毡的陡峭楼梯，她大约已经跑完了半段。房子的前门大敞，街对面橱窗里的光线诡异地照在楼梯上。

迈尔斯以危险的姿势俯身靠在过道边的栏杆上，手里举着公

185

文包。在她扬起头的时候，他正低头看着她的脸。

"你明白了吗？"他高喊，"没必要追赶！公文包在这里！里面的……"

现在他敢肯定费伊刚才没听见。她的左手轻轻放在楼梯扶手上，她扬起头，红发在她抬头的时候向后甩去。她的脸上露出一丝惊讶的神情。她红润的脸色，甚至还有双眸中的光彩，似乎都褪去了，变成死亡一般的苍白。这苍白使她的嘴角露出一丝温柔，随后带走了她的全部表情。

费伊的膝头一软，柔软地向一侧倾倒，仿佛从衣钩上掉落的一件连身裙，如此轻盈，甚至不会受到一丝擦伤。她顺着楼梯向下翻滚，翻滚。然而落地时的撞击声却与那可怕的无力感完全不同……

迈尔斯·哈蒙德呆立在原地。

过道里令人窒息的发霉空气沁入他的肺里，如同他脑中突然泛起的疑虑。这种空气他似乎已经呼吸了很久，他的衣兜里揣着沾血的钞票，手里攥着那个破破烂烂的公文包。

迈尔斯眼角的余光看到芭芭拉走到他身边，越过栏杆往下看。哈德利警司低声咕哝着什么，从他们身边迅速穿过，大步走下楼去，每一步都咚咚作响，震得楼梯发颤。他来到楼梯底部的那具躯体旁，俯下身，看到费伊的脸颊贴着地面上的尘土。哈德利单膝跪下，替她检查。不一会儿，他抬起头来望着他们。他的声音在楼梯上空洞地回响。"这位女士是不是心脏不太好？"

"是的。"迈尔斯平静地说，"是的。她心脏不好。"

"我们最好打电话叫救护车。"那空洞的声音回答，"她不该那么激动，不该跑那么快。我想她可能完了。"

迈尔斯慢慢走下楼，左手放在费伊扶过的栏杆上。走着走着，他扔掉了右手的公文包。透过敞开的门，现在可以看见街对面那副没有躯体的丑陋假牙在极缓慢地张开，闭合，张开，闭合，直到永远。他俯倒在费伊身上。

第十八章

傍晚六点半，迈尔斯和芭芭拉坐在二楼费伊·西顿的卧室里，这仍是那个星期日，虽然他们觉得已经过了好几天。

五斗橱上方的电灯泡又亮起来。芭芭拉坐在磨损的扶手椅上。迈尔斯坐在床沿，费伊的黑色贝雷帽就在他身边。他正看着那个破旧的铁皮箱子，芭芭拉开口了。

"我们出去看看，有没有星期天开门的咖啡馆或者面包房。或者找个卖三明治的酒吧？"

"我不去，哈德利让我们留在这里。"

"你上次吃东西是什么时候？"

"一位女士所能具备的最优秀的品质，"迈尔斯努力挤出一丝微笑，尽管他觉得自己笑得像个变态，"就是不在不恰当的时候提起食物的话题。"

"对不起。"芭芭拉说道，然后是良久的沉默，"费伊还是有希望的，你知道。"

"是的。她也许还有希望。"

又是漫长的沉默，芭芭拉拨弄着扶手磨损处的线头。

"迈尔斯，这件事对你有这么重要吗？"

"这根本不是重点。我只是觉得这个女人受到了生活中最糟糕的伤害。事情一定得纠正过来！正义应该得到伸张！我只是觉得……"

他从床上拿起费伊的黑色贝雷帽，又急忙把它放下。"算了，"他又说，"现在说这个有什么用？"

芭芭拉显然又一次努力保持沉默，但还是忍不住问道："在你认识她这么短的时间里，费伊·西顿变得像阿涅丝·索蕾或帕梅拉·霍伊特那样真实了吗？"

"什么？为什么这么问？"

"在贝尔特林餐厅那晚，"芭芭拉回答，并没有看向他，"你说历史学家的工作是把那些遥远的、消失的、逝去的人——把他们当作有血有肉的活人来想象，从而使他们复活。当你第一次听到费伊的故事时，你说她并不比阿涅丝·索蕾或帕梅拉·霍伊特更为真实。"

芭芭拉继续拨弄椅子扶手的线头，以一种无关紧要的腔调补充道："我知道阿涅丝·索蕾，当然了。但我从没听说过帕梅拉·霍伊特。我——我在百科全书里查过，可没有关于她的内容。"

"帕梅拉·霍伊特是摄政时代的一位女人，被怀疑从事一些邪恶的活动。她也是一个迷人的角色。我曾经读过很多关于她的资料。顺便问一句：在拉丁语中，panes 除了指面包的复数，还可能是什么意思？从上下文来看，那不可能是指面包。"

轮到芭芭拉惊讶地朝他眨眼了。"恐怕我不是拉丁语专家。你为什么这么问？"

"哦，因为我做了个梦。"

"一个梦？"

"是的。"迈尔斯沉闷而执着地思索那个梦，心情烦乱的时候，他的头脑中总是充满琐事。"那是一段用中古拉丁语写的文字，你知道怎么判断：特殊的动词词尾变化，不用 v，而是用 u。"他摇摇头，"里面提到了什么东西还有 panes；但我现在只记得最后有一个 ut- 分句，说'拒绝是愚蠢的'。"

"我还是不明白。"

（为什么那种地狱般恶心的感觉就不能离开他的胸口呢？）

"后来我梦见我去图书室找一本拉丁语词典。帕梅拉·霍伊特和费伊·西顿都在那里，坐在满是灰尘的书堆上，她们向我保证我叔父没有拉丁语词典。"迈尔斯开始大笑，"我只是想起了这个古怪的梦。不知道弗洛伊德博士会做出怎样一番分析。"

"我知道。"芭芭拉说。

"我猜大概意味着凶险的事吧。不管你做什么梦，似乎总是很险恶。"

"不是，"芭芭拉缓缓说道，"不是那样的。"

有那么片刻，她一直以某种犹豫、迷惑、无奈的神色注视着迈尔斯，明亮的眸子里闪烁着同情的光芒。然后芭芭拉一下子站起来。雨蒙蒙的傍晚，两扇窗户都开着，干净潮湿的空气涌进来。至少，迈尔斯暗忖，他们把对面恐怖的假牙和广告灯光关掉了。芭芭拉转身面对窗口。

"可怜的女人！"芭芭拉叹道。迈尔斯知道她说的不是死去的帕梅拉·霍伊特。"可怜，愚蠢，又浪漫……"

"你为什么说她又愚蠢又浪漫？"

"她知道那些匿名信和所有关于她的谣言都是哈利·布鲁克所为。但她从没对任何人说起过。我想，"芭芭拉慢慢地摇摇头，"她可能还爱着他。"

"在出了那种事之后？"

"当然了。"

"我可不相信！"

"也不是没有可能。我们都能做出非常奇怪的事。或者，"芭芭拉哆嗦了一下，"也许还有别的什么原因让她保持沉默，即便是在她知道哈利已经死了之后。我不知道。问题是……"

"问题是，"迈尔斯接口道，"哈德利为什么要让我们留在这里？这到底是怎么回事？"他思考片刻，"这里离他们送她去的那家医院远吗？"

"挺远的。你打算过去吗？"

"怎么说呢，哈德利也不能无缘无故地让我们一直守在这里。我们总得打听些消息才行。"

他们想要的消息来了。未见其人，他们就听到了乔治·安托万·利高教授与众不同的脚步声。利高慢慢爬上楼梯，沿着过道走到敞开的房门前。

利高教授似乎比发表吸血鬼理论时显得更加苍老，更加烦闷了。现在只有几个雨点飘落，所以他身上还比较干爽。那顶黑色软帽箍在他的脑袋上，小胡子随着嘴巴的动作而晃动。他沉重地倚着那根剑杖，在阴暗的房间里，剑杖的黄色显得如此邪恶。

"莫雷尔小姐，"他招呼道，声音沙哑，"哈蒙德先生。现在我要告诉二位一件事。"

他从门口向两人走去。

"我的朋友们，你们一定很熟悉大仲马那部关于火枪手的传奇。你们应该还记得火枪手们是如何来到英国的。达达尼昂只知道两个英语单词，一个是"来（come）"，另一个是'该死的（God damn）'。"他一条粗壮的胳膊在空中挥舞，"但愿我的英语也只限于同样无害和简单的词语！"

191

迈尔斯从床边跳起来。"别管达达尼昂了，利高教授。你是怎么到这儿来的？"

"菲尔博士和我从新森林开车回来的。我们给他那位警司朋友打了电话。博士去医院了，而我来了这里。"

"你们刚从新森林过来？玛丽安怎么样了？"

"健康方面，她非常好。"利高教授回答说，"她已经坐起来吃东西了，说起话来滔滔不绝。"

"那么，"芭芭拉惊呼，在继续说下去之前吞咽了一下，"你知道吓坏她的是什么了吗？"

"是的，小姐。我们听她说了。"利高教授的脸色渐渐发白，比他谈到吸血鬼时还要白。"我的朋友，"他冲到迈尔斯面前，仿佛猜到了他的思绪，"我给你们讲了一种超自然理论。哎！在这件事上，我似乎确实被一些有意误导他人的线索误导了。但我不会因此就把自己钉在耻辱柱上。不！我要告诉你，即便某一次超自然现象被证明是虚假的，也不能证明这种超自然现象就不存在，就好比一张伪造的钞票并不能说明英格兰银行就不存在。你认同这一点吗？"

"是的，我认同。但是……"

"不！"利高教授强调道，预兆般地摇摇头，用手杖的金属头敲击地板，"我是不会因此就把自己钉在耻辱柱上的。我把自己钉在耻辱柱上是因为——总之，这比我猜测得更糟。"

他举起手中的剑杖。"我可以送你一件小礼物吗，我的朋友？我可以把这件珍贵的遗物赠送给你吗？不过现在，不要企图在其中寻找那种满足感了，那种在杜加尔的墓碑和人皮拭笔具中得到的满足感。我只是一介凡人，也有承受不了的时候。我可以把它交给你吗？"

192

"不，我不想要这件该死的东西！把它收起来！我们只是想问你……"

"对，我不该拿着它！"利高教授说着把手杖扔到床上。

"玛丽安真的没事吗？"迈尔斯固执地问道，"不会再次复发吧？"

"不会复发的。"

"那么让她受惊吓的到底是什么？"迈尔斯端起胳膊，"她看见了什么？"

"她什么也没看见。"对方简洁地回答。

"什么也没有？"

"正是如此。"

"可是她那么害怕，而且没有受到任何伤害？"

"完全正确。"利高教授表示同意，并从喉咙里发出了带着愤怒和惊恐的哼声，"令她受惊吓的是她听到的、感受到的东西。尤其是耳语。"

耳语……

迈尔斯·哈蒙德想要离开怪物和梦魇的国度，却发现自己走不了多远。他看了芭芭拉一眼，芭芭拉只是无奈地摇摇头。利高教授的喉咙仍在发出沸腾的低沉声响，像烧开了水的壶，但那噪声并不好笑。他充血的双眼里有一种窒息般的神情。

"这件事，"他喊道，"是一出无论你、我或哪个大胆的农民都可以操纵的把戏。它简单得令我胆寒。可是——"

利高突然停住。

博尔索弗巷里传来刺耳的刹车声，一辆汽车在凹凸不平的石质路面上颠簸着停下来。利高教授踉踉跄跄地走到窗户前，猛地举起双臂。

"菲尔博士从医院回来了，"他又从窗前转过身来，补充道，"比我预料的要早。我必须走了。"

"走？你为什么必须走？利高教授！"

教授并没有走多远。因为大块头的基甸·菲尔博士——没戴帽子，但是披着那件工字褶斗篷，使劲拄着手杖——奋力用身躯堵住楼梯，堵住过道，最终堵住了门口。一夫当关，房间再没有出口，除非是走窗户，但利高教授大概没这个打算。于是，菲尔博士就站在那里，身体晃动得很厉害，就像一头被拴住的大象。他目光炽热，眼镜歪斜，正努力控制自己的呼吸，以便对迈尔斯说出约翰逊式的话语。

"先生，"他开始了，"我给你带了消息。"

"费伊·西顿——？"

"费伊·西顿还活着。"菲尔博士回答。然后，你几乎能听到"哗啦"一声，他又把那丝希望扫走了。"她还能活多久将取决于她如何对待自己。可能是许多个月，也可能只有几天。恐怕我必须告诉你，她是一个在劫难逃的女人。从某种意义上说，她一直都在劫难逃。"

没人说话。

迈尔斯神情恍惚，他注意到芭芭拉正站在费伊站过的地方，就在五斗橱旁，吊灯之下。芭芭拉的手指紧贴在嘴唇上，恐惧的表情中夹杂着极度的怜悯。

"我们能不能，"迈尔斯清了清嗓子，"我们能不能去医院看看她？"

"不能，先生。"菲尔博士回答。

迈尔斯这才注意到在菲尔博士身后的过道里站着一位警长。菲尔博士示意警长进来，然后挤进房间，关上了身后的门。

"我刚和西顿小姐谈过话，"他接着说，表情隐隐有些严峻，"我听到了整个令人同情的故事。她的话填补了我的推理中缺失的一些细节，我猜中了一半。"菲尔博士的表情变得更加严肃，他伸出一只手调整眼镜，或许也是为了遮挡他的眼睛，"但是，你看，这里面有些麻烦。"

迈尔斯的不安感加剧了。"什么意思，麻烦？"

"哈德利马上就会过来，他——呃——要履行他的职责。而其结果对此刻此处的某个人来说会是不甚愉快的。所以我想我最好先来这里给你提个醒。有些事你可能还不明白，我想我最好先向你解释一下。"

"有些事？关于什么的？"

"关于那两起罪行。"菲尔博士说。他望向芭芭拉，仿佛第一次注意到她。"噢，啊！"菲尔博士带着一种恍然大悟的神情叹道，"你一定是莫雷尔小姐吧！"

"是我。我要向你道歉……"

"啧啧！不是为了谋杀俱乐部那场著名的惨败吧？"

"呃……正是。"

"小事。"菲尔博士说道，打了一个动作幅度极大的手势，表示不用再提。

他摇摇晃晃地走向那张磨损的扶手椅，椅子现在被推到了一扇窗户旁。在手杖的帮助下，他坐了下来，扶手椅尽可能地容纳他庞大的身躯。他把蓬乱的脑袋往后一仰，仔细打量芭芭拉、迈尔斯和利高教授，然后把手伸进披风下，摸向胸前的暗袋。他掏出了利高教授的那捆手稿，纸张皱巴巴的，边缘磨损严重。

他还拿出了一件迈尔斯认识的东西。那是费伊·西顿的上色照片，迈尔斯上次在贝尔特林餐厅见过。菲尔博士坐在那里端详照片，带着同样肃杀的气氛，还夹杂着痛苦和忧虑。

"菲尔博士，"迈尔斯说，"坚持住！半分钟就行！"

菲尔博士扬起头。"嗯？怎么了？"

"我想哈德利警司已经把几小时前这间屋子里发生的事告诉你了吧？"

"是的。他告诉我了。"

"芭芭拉和我来到这里，发现费伊站在芭芭拉现在站的位置，那只公文包就在这里，还有一捆沾了血迹的钞票。我，呃——就在哈德利进屋之前，我把那些钞票塞进了我的口袋里。其实我不需要那么做。他问了一大堆问题，似乎倾向于认为费伊有罪，然后他表示他一直都知道关于公文包的事。"

菲尔博士皱起眉头。"然后呢？"

"就在问询进行到最关键的时候，这盏灯熄灭了。一定是有人把外面过道里的总开关拉断了。有什么人或是什么东西冲了进来……"

"什么人或是什么东西，"菲尔博士重复道，"老天，我真喜欢你的谨慎措辞！"

"不管是什么，入侵者把费伊推到一边，然后拿着公文包跑了出去。我们什么都没看见。一分钟后，我在门外捡起了公文包。除了另外三捆钞票和一些沙土之外，里面什么都没有。后来哈德利陪费伊坐救护车离开时，他把这些都拿走了，包括我揣起来的那捆钞票。"

迈尔斯咬紧牙关。

"我提起这些，"他继续说，"是因为有太多关于她有罪的暗示，而我想看到正义在这一点上得到伸张。不管你当时是出于什么原因让我联系芭芭拉·莫雷尔的，我联系到了，并且知晓了一些令人震惊的事实。"

"啊！"菲尔博士隐约有些忧虑，他低声回应，不愿正视迈尔斯的眼睛。

"比如说，是哈利·布鲁克写了一系列匿名信，指控费伊和当地许多男人都有私情，这你知道吗？后来，哈利发现这些流言不起作用，转而利用当地人的迷信思想来造谣生事，他贿赂年轻的弗雷纳克在自己脖子上弄出伤痕，于是关于吸血鬼的一派胡言开始流传。你知道吗？"

"是的，"博士应道，"我知道，这的确很有可能。"

"我们这儿有一封信，是哈利·布鲁克在凶杀案发生的当天下午写的。"迈尔斯朝芭芭拉打了个手势，她打开了手提包。"收信人是芭芭拉的兄长，"迈尔斯急忙补充说，"他与这件事毫无关联。如果你还有任何怀疑……"

菲尔博士突然充满兴致地抬起头来。"你们有这封信吗？"他问，"我可以看看吗？"

"当然。芭芭拉？"

芭芭拉把信递了过来，迈尔斯觉得她相当不情愿。菲尔博士接过信，扶好眼镜，慢慢地仔细阅读起来。读完之后，他把信放在膝头，与手稿和照片放在一起，他的表情变得更加阴沉了。

"一个精彩的故事，不是吗？"迈尔斯苦涩地问道，"用来纠缠她再好不过了！要是没人在乎费伊这边的说法，那我们就先把哈利的品格问题放在一边。关键在于，这一切都是哈利·布鲁克的诡计造成的……"

"不！"菲尔博士斩钉截铁地说道。

迈尔斯瞪着他。"这是什么意思？"他质问道，"你不是想说皮埃尔·弗雷纳克和那个关于吸血鬼的怪诞指控——"

"哦，不是，"菲尔博士摇摇头，"我们可以不用考虑年轻的弗雷纳克和伪造的咬痕，这些无关紧要，算不上什么。可是……"

"可是什么？"

菲尔博士望着地板沉思片刻，然后慢慢抬起头，看向迈尔斯的眼睛。"哈利·布鲁克，"他说，"写了很多匿名信，他自己并不相信里面的指控。这正是最具讽刺意味之处！这就是悲剧！因为，尽管哈利·布鲁克不知道——他做梦都想不到，就算你告诉他，他也不会相信——但这些指控是完全真实的。"

沉默。

令人难以承受的沉默……

芭芭拉·莫雷尔轻轻把手放在迈尔斯的胳膊上。在迈尔斯看来，菲尔博士和芭芭拉之间交换了一个理解的眼神。但他需要时间来理解这些话语的含义。

"你们看，"菲尔博士用雷鸣般的声音强调道，"此事件中许多令人费解的因素现在都能解释了。费伊·西顿不得不去找男人。我也想把此事说得尽量得体一些，所以我只能请你们去咨询心理医生。不过这的确是一种心理疾病，从年轻时起就折磨着她。

"她不该因此受责备，正如她不该因伴随而来的心脏孱弱而受责备一样。在患此病症的妇女中——她们人数不多，但确实会出现在诊室里——病程并不总以灾难告终。但费伊·西顿在感情上不是有这种怪癖的女人。她表现出的清教主义气息，她的挑剔、细腻、文雅并不是装出来的。这些都是真实的。随便与陌生人发生关系，对她来说始终是一种折磨。

"一九三九年，当她应聘霍华德·布鲁克的秘书而前往法国时，她下定决心要克服自己的疾病。她能做到，她能克服，她是

198

能成功的！她在沙特尔期间的行为是无可指摘的。接着……"

菲尔博士停下来，再次拿起照片仔细端详，"你们现在开始明白了吗？她身上总是弥漫着一种……回想一下吧！那种气息总是萦绕着她，纠缠着她，如影随形。无论在什么地方，只要与她接触过，这种气质总会沾染人、困扰人，即便被接触的人并不理解。几乎所有男人都能感受到这种气质。几乎所有女人都能感受到并且憎恶这种气质。

"想想乔治娜·布鲁克！想想玛丽安·哈蒙德！想想……"博士停下来，朝芭芭拉眨眨眼，"我想你之前也见过她了吧，女士？"

芭芭拉比了一个无奈的手势。"我只见过她几分钟！"她急忙抗议，"我能判断出什么？当然不能！我……"

"你再想想好吗，女士？"博士温和地问。

"何况，"芭芭拉说，"我挺喜欢她的！"她转过身去。

博士轻轻敲了敲照片。照片里的那双眼睛——带着淡淡的讽刺，冷漠的表情下蕴含着苦涩——令费伊·西顿的存在变得鲜活起来，就和五斗橱上的手提包、掉落在地上的身份证、留在床上的黑色贝雷帽一样，让人觉得她还在这间屋子里活动。

"就是这位本性善良、毫无坏心的女士，我们看到她迷茫地行走于后续事件之中——至少表面上是迷茫的。"博士的嗓音洪亮，"有两起罪行，都是同一人犯下的……"

"同一个罪犯？"芭芭拉惊呼。

菲尔博士点点头。

"第一起，"他说，"是没有预谋的，十分轻率，并且变成了一个奇迹；第二起则经过了仔细的策划，把那个阴暗的世界带进了我们的生活！要我说下去吗？"

第十九章

菲尔博士一边讲述一边心不在焉地往海泡石烟斗里塞烟丝，手稿、照片和信件还放在他膝头，眼睛则昏昏欲睡地盯着天花板的一角。

"如果各位允许的话，我想把大家带回沙特尔，带回八月十二日霍华德·布鲁克遇害当天。

"我不是利高那样的演说家。他可以用一串串尖锐的小词句为各位描述那栋叫作波尔加德的宅子、那条蜿蜒的河流、耸立在树林旁的亨利四世之塔，还有那雷雨未降的闷热天气。事实上，他已经描述过了。"菲尔博士敲了敲手稿，"但我想让诸位了解一下住在波尔加德的那几个人。

"老天啊！情况简直不能再糟糕了。

"费伊·西顿与哈利·布鲁克订婚了。她真的爱上了——或者她已说服自己去爱——个未经世事、冷酷无情的年轻人，他除了拥有青春和英俊的容貌之外，并没有什么值得称道之处。你们还记得哈利向利高描述的那一幕吗？哈利向费伊·西顿求婚，一开始被拒绝了？"

芭芭拉再次抗议。"可那件事不是真的！"她叫道，"从来没有发生过！"

"嗯，"菲尔博士表示同意，用力点点头，"此事从未发生。关键是在每一个细节上，它都很可能发生。费伊·西顿内心一定很清楚，出于自己的善意，她不能嫁给任何人，除非她想在三个月内就毁掉自己的婚姻，因为她的……算了，不再提这一点了。

"可是这次不一样！情况完全不同了。这次她真的恋爱了，不管是精神上还是生理上，而且一切都行得通。毕竟，自从她来法国给布鲁克先生当秘书，没有人说过一句厌恶她的话。

"而在这段时间里，哈利·布鲁克——他什么也没看出来，只是凭着自以为是的想象力——一直在用匿名信污蔑费伊，把他父亲弄得心烦意乱。哈利唯一关心的是走自己的路，他要去巴黎学习绘画。他对一个沉默寡言、消极被动的姑娘有什么好在乎的呢？更何况当他吻她的时候，她还会半冷不热地从他的怀抱中抽身出来？不！他当然不在乎！给他一个充满激情的人吧！这是多么具有讽刺意味啊。

"接着，风暴暴发了。八月十二日，有人刺死了布鲁克先生。让我来解释一下这是如何发生的。"

迈尔斯·哈蒙德突然转过身来，走到床沿边，坐在利高教授身旁。这两个人已经沉默了一段时间，虽然是出于不同的原因。

"昨天上午，"菲尔博士放下填满的烟斗，拿起那一沓手稿，在手里掂了掂，继续说道，"我的朋友乔治·利高给我带来了关于这桩案件的记录。不论我引用其中的哪一段，你们二位大概会发现利高在俱乐部的陈述中用了一模一样的措辞。

"他还向我展示了一柄带着邪恶记忆的剑杖。"菲尔博士对利高教授眨了眨眼，"你——呃——现在不会碰巧也带着那件武器吧？"

利高教授用半是愤怒半是惊吓的姿态拿起了那柄剑杖，把它扔向房间的另一边。菲尔博士利落地接住了。而芭芭拉像是受到了攻击似的，退缩到了紧闭的房门前。

"啊，该死的！"利高教授喊道，在空中挥舞双臂。

"你是对我的话有质疑吗，先生？"菲尔博士问道，"今天我已经给你讲了一个大概，当时你并没有疑问。"

"不，不，不！"利高教授答道，"关于费伊·西顿这个女人，你说的是对的，绝对无误。我曾对你们提出一个观点，即吸血鬼的特征在民间传说中也是情色的特征。但我太差劲了，作为一个向来愤世嫉俗的老头儿，我自己竟然没看出这一点！"

"先生，"菲尔博士接话说，"你自己也承认你对物证线索不太感兴趣。所以，即便你已经把它写下来了，你却没有注意到……"

"注意到什么？"芭芭拉问，"菲尔博士，是谁杀了布鲁克先生？"

外面远处传来一阵雷鸣，震得窗框颤动，大家都吓了一跳。在这个湿漉漉的六月里，雨又要来了。

"让我简单地向你们概述一下那天下午发生的事。"菲尔博士说，"把利高教授的故事与费伊·西顿自己的说法比对一番，你们看看自己可以从中得出什么推论。

"霍华德·布鲁克先生大约三点从里昂信贷银行回到波尔加德，拿着装有钞票的公文包。谋杀案中所涉事件从这一时间点开始，我们就从这里开始梳理。此时家中其他成员都各在何处呢？

"即将三点时，费伊·西顿带着泳衣和毛巾离开宅子，沿着河岸向北走去。布鲁克太太正在厨房里和厨子说话。哈利·布鲁克正在——或者之前正在——楼上自己的房间里写信。我们现在知道他写的正是这封信。"

菲尔博士举起那封信。他做了个意味深长的鬼脸，继续说道："然后，在三点钟，布鲁克先生回到家，要找哈利。布鲁克太太回答说哈利在楼上自己的房间里。而哈利以为父亲此时正在皮革厂的办公室里（利高也是这么想的，参见证词），他做梦也想不到父亲已经在回家路上了，因此他没写完信就去了车库。

"布鲁克先生去了哈利的房间，不一会儿就下楼了。现在我们可以看到，就在这里，霍华德·布鲁克的行为发生了奇怪的变化。那时他不再像之前一样怒气冲冲。我们来看看证词中他夫人对他下楼时举止的描述：'当时他看上去真是可怜，仿佛一下子老了好多岁，步子走得那么慢，像是得了重病。'

"他在楼上哈利的房间里发现了什么？

"他在哈利的书桌上看到了那封未写完的信。他瞥了一眼，然后又瞥了一眼，吓了一跳；他把信拿起来读了一遍。于是他整个可靠而舒适的宇宙坍塌成了一片废墟。

"在给吉姆·莫雷尔的几页信纸上，哈利仔细勾勒出了抹黑费伊·西顿的整个计划：匿名信、败坏名声的谣言，还有吸血鬼的故事。而这一切都出自他儿子哈利之手——那个他无比宠爱、善良无邪的孩子。这些肮脏的伎俩只是为了欺骗老布鲁克，好让他同意儿子的人生选择。

"这一打击让布鲁克先生变得如此麻木！所以他下楼时才会是那副模样，所以他沿河向塔楼走去时步履才会那么缓慢——缓慢至极！他之前和费伊·西顿约好了四点钟见面。他要去赴约。但我认为霍华德·布鲁克是一个完全正直坦率的人，而哈利此前从未有过如此令他厌恶的行径。他会在塔楼与费伊·西顿见面，没错，但他是打算去那里道歉的。"

菲尔博士暂停讲述。

芭芭拉哆嗦了一下。她看了迈尔斯一眼，他正神情恍惚地坐着。芭芭拉忍住了开口说话的冲动。

"现在，让我们回到已知事实上来。"菲尔博士继续说道，"布鲁克先生向废塔走去时，还是一身在里昂信贷银行里的打扮，头戴粗花呢便帽，身穿雨衣。五分钟后，谁出现了？是哈利！哈利听说父亲回家了，便问他人在何处。布鲁克太太把情况告诉了儿子。哈利站在那里'思索了一会儿，自言自语，'然后他也朝废塔的方向去了。"

说到这里，菲尔博士俯身向前，十分认真。"现在是利高和官方记录中都没有提到的一点。没有人提到此事，因为没有人关心这一点。没人觉得这是什么重要信息。唯一提到这件事的人是费伊·西顿，尽管事情发生时她并不在现场。她本来是不可能知道此事的，除非她有特殊的理由。

"但这是她昨晚告诉迈尔斯·哈蒙德的。她说，当哈利·布鲁克离开家去追赶布鲁克先生时，哈利抓起了自己的雨衣。"

菲尔博士望向迈尔斯。"你还记得吗，我的孩子？"

"记得，"迈尔斯回答，努力不让自己的喉咙颤抖，"可是哈利带上雨衣有什么问题呢？毕竟那天一直在下小雨！"

菲尔博士挥手示意他安静。"一段时间之后，"菲尔博士继续说，"利高教授去废塔找布鲁克父子。在废塔入口，他意外遇到了费伊·西顿。

"女孩告诉他，哈利和布鲁克先生在塔顶争吵。她宣称父子之间的对话她一个字也没听见，但利高作证说，她的眼神像是回忆起了可怕的场面。她说她不应该在这一刻介入其中，然后焦躁地、急匆匆地离开了。

"利高在塔顶上找到了哈利和他父亲，两人的状态也很焦躁。

父子俩都脸色苍白，情绪激动。哈利似乎在恳求，而老布鲁克则说他要以自己的方式来处理'这件事'，并严厉地要求利高把哈利带走。

"这时的哈利当然没有穿雨衣。他没戴帽子，也没穿外套，身上穿着利高描述的灯芯绒上衣。那柄剑杖靠在护墙上，没人碰触，剑身插在剑鞘里。公文包也是一样，但出于某种原因，它变得鼓鼓囊囊的。

"我第一次读手稿时，这个不寻常的字眼使我震惊。

"鼓鼓囊囊（bulging）！

"当霍华德·布鲁克在里昂信贷银行向利高展示里面的东西时，公文包肯定不是那样的。我引用利高的原话：包里面孤零零地躺着四捆英国纸币。除此之外别无他物！可现在，当利高和哈利把布鲁克先生单独留在塔顶上时，公文包里塞进了什么东西……

"看这里！"博士拿起那根黄色剑杖。他小心翼翼地拧开手柄，从空心手杖中抽出细细的剑刃，举起来。

"在布鲁克先生被谋杀后，"他说，"这件武器被发现分成了两部分：剑刃靠近死者的脚，而剑鞘滚开了，停在护墙的墙脚处。凶案发生数日之后，这两部分才重新合到一起。警方发现凶器后是原样取走给专家鉴定的。

"换言之，"博士以惊雷般的激烈语气解释道，"血干透很久之后，剑刃才重新入鞘。但是，剑鞘的里面却有血迹。这个时代的耻辱和它迷失的原则！（O tempora！O mores！）这一点不会令你们感到奇怪吗？"

像出演哑剧一般，菲尔博士夸张地扬起眉毛，望向周围的同伴，像是在催促他们思考。

"我有一个可怕的想法，我好像知道你的意思了！"芭芭拉叫道，"但我——我还不太明白。我能想到的就是……"

"是什么？"菲尔博士问。

"是布鲁克先生，"芭芭拉说，"他读完哈利的信，走出家门，慢慢走向废塔。他努力地思索儿子的所作所为，试图下定决心做些什么。"

"是的，"菲尔博士平静地说，"让我们顺着他的行踪思考下去。

"我敢发誓，当哈利·布鲁克从母亲那里得知父亲已提前回家的消息时，他一定感到有点不舒服。哈利想起自己未写完的信就放在楼上，而布鲁克先生刚去过他的房间。老头儿读过了吗？这是很要紧的问题。于是哈利穿上雨衣——我们姑且认为他确实穿上了——出门追赶父亲。

"哈利赶到了废塔。他发现布鲁克先生已经爬上塔顶——我们感到受伤时都想独自待着。哈利也爬到了塔顶。借着狂风细雨中的昏暗光线，他只消看父亲的面孔一眼，便会发现霍华德·布鲁克已经知晓一切。

"布鲁克先生会毫不迟疑地把他刚了解到的东西倾吐出来。而此时正站在石阶上的费伊·西顿也听到了整件事。

"正如她告诉我们的，她沿着河岸向北散步，大约三点半开始往回走。她还没下河游泳，她的泳衣还搭在胳膊上。她溜达进了废塔里。她听到上方传来疯狂的争执声。她穿着橡胶底的镂空凉鞋，能够轻轻地爬上石阶。

"黑暗中，费伊·西顿静静地站在螺旋石阶上，她不仅听见，而且看见了发生的一切。她看见哈利和他父亲，两人都穿着雨衣。她看见黄色手杖靠在护墙上，公文包躺在地上，霍华德·布

206

鲁克边说边比画。

"父亲倾吐出了什么样的激烈责备呢？他威胁要跟哈利断绝关系吗？有可能。他是不是发誓说自己有生之年都不允许哈利去巴黎学绘画？有可能。他是不是带着一种难以置信的厌恶，把帅气哈利的所作所为都重复了一遍？讲述儿子是如何损害那个爱上他的女孩的名誉的？这几乎是肯定的。

"费伊·西顿听到了。

"虽然这些真相已经叫她觉得恶心，但她将要听见、看见更糟糕的事。

"这样的场面有时会失控。这次便是。老布鲁克突然转过身去，说不出话来。他背对着哈利，他以后也打算放弃这个儿子。哈利意识到自己所有的计划都泡汤了。他知道自己没有好日子过了。他脑中的一根弦就这样绷断了。在孩子般的怒火中，他抓起剑杖，拧开剑鞘，从背后刺向父亲。"

这番话令菲尔博士自己都倍感不安，他把剑杖的两部分组装好，然后轻轻地放在地板上。

芭芭拉、迈尔斯和利高教授都没有说话。一片沉默，蔓延了十几秒。迈尔斯慢慢站起身。那种麻木正在离开他的身体。渐渐地，他明白了……

"那一剑，"迈尔斯说，"是那时刺的？"

"是的。那一剑，就是那时刺的。"

"时间是？"

"时间差不多是三点五十分，"菲尔博士回答，"利高教授当时离废塔已经很近了。

"剑刃造成的伤口很深、很薄，我们在法医学中发现，这种伤口往往使受害者认为自己并没有受到严重伤害。霍华德·布鲁克看到儿子脸色苍白、一脸蠢相地站在那里，几乎没有意识到他做了什么。老父亲对这一切有什么反应？如果你认识像布鲁克先生这样的人，你就能准确地做出预言。

"费伊·西顿悄无声息地从石阶上逃了下来，没被任何人看到。她在门口撞见了利高，就从他身边跑开了。而利高听到塔顶上传来说话声，就把头伸进塔里，朝他们喊了一嗓子。

"利高在叙述中告诉我们，当时愤怒的说话声立刻停止了。注意，说话声停止了！

"让我再重复一遍，霍华德·布鲁克对这一切有什么感受？他刚刚听到一位家族友人的喊声，利高即便身材矮胖，要不了多久也会爬到石阶顶部。在这场尴尬的混乱中，布鲁克先生的本能是不是继续谴责哈利？掌管家庭纠纷的神灵在上，当然不是！恰恰相反！当务之急是保密，假装什么都没发生。

"我猜父亲对儿子大吼：'把雨衣给我！'我认为他这样做是很自然的。

"你们——嗯——明白重点了吗？

"在他脱下自己的雨衣后，他看到雨衣背部有一道裂痕，已经被血浸透了。一件有优质衬里的雨衣不仅能把雨水挡在外面，还能防止鲜血从里面渗出来。如果他穿上哈利的雨衣，再设法把自己的雨衣处理掉，他就能把背上那处难看的流血伤口掩盖起来……

"你们能猜到他做了什么。他匆匆卷起自己的雨衣，塞进公文包里，扣好搭扣。他把剑身插回鞘里（因此剑鞘里面有血迹）；他把两个部件拧紧，又把它靠在护墙上。他穿上哈利的雨衣。等到利高辛辛苦苦爬上石阶顶端时，霍华德·布鲁克已经做好了掩盖丑闻的准备。

"哎，老天啊！如果你们现在再来看，塔顶上那一幕紧张而令人战栗的场景就会呈现出不同的面貌！

"脸色苍白的儿子结结巴巴：'听我说，父亲大人——'老父亲则冷冷地说：'我再说最后一遍，让我用自己的方式来处理这件事。'这件事！接着又突然爆发，'可否劳烦你把我儿子从这里带走，好让我照自己的意思把事情处理完？带去哪里都行。'然后布鲁克先生转过身去。

"他的声音里透着一丝寒意，心里也透着一丝寒意。我亲爱的利高，你当时就感觉到了，因为你说领哈利下塔时，他像吃了败仗，一副泄气的样子。你还说，哈利在林子里时，眼里闪着奇怪而阴沉的光芒。当时他正在琢磨，看在上帝的分儿上，老头儿到底打算干什么。

"那么，老头儿到底打算干什么呢？他打算回家，当然了，他要把公文包里那件有罪的雨衣带回家。回家后他就可以掩盖丑闻。我的亲儿子竟然想杀了我！世上最可怕之事莫过于此。他要回家去。可是……"菲尔博士的声音渐渐褪去。

"请继续说！"利高教授催促道，伸手在空中打了个响指，"这正是我不明白的地方。他要回家去，然后呢？"

菲尔博士抬起头来。"他发现自己做不到，"博士简单地说，"霍华德·布鲁克感觉到自己变得虚弱。他怀疑自己快要死了。

"他清楚地意识到，自己无法爬下离地面四十英尺高的陡峭螺旋石阶，他肯定会栽下去。不出意外的话，会有人发现他昏死在此处，身穿哈利的雨衣，而他自己那件被刺穿的、沾有血迹的雨衣则塞在公文包里。人们会有疑问。这些事实，如果解释得当，哈利就彻底完了。

"现在他真的很爱自己的儿子。那天下午有两个令他不知所措的发现：他打算对哈利严加管束，可他又见不得那个被宠上天的可怜男孩真的陷入大麻烦。所以他做了一件显而易见、也是唯一能做的事，以显示自己是在哈利离开后遭到袭击的。

"他用尽最后的力气，把自己的雨衣从公文包里拿出来，再次穿上。而哈利的雨衣现在也沾了血，被他塞进包里。他必须设法处理掉这个公文包。从某种意义上说，这很容易，因为塔下就是河水。

"但他不能直接把包从塔边扔下去，尽管持自杀理论的沙特尔警察认为他可能是不小心把包碰掉的。他不能把公文包扔下去，原因并不深奥——那只公文包会浮起来。

"不过，朝向河边的护墙垛口上的岩石已经开裂。他可以把碎块掰下来，塞进公文包里，把搭扣系紧，加重过的包就会沉下去。

"他成功地解决了公文包的问题。他把剑刃从剑鞘里抽出来，擦去手柄上哈利碰过的痕迹——所以上面只发现了老布鲁克一个人的指纹——然后把剑杖的两部分扔在塔顶平台上。接着，霍华德·布鲁克就倒下了。尖叫的孩子发现他时，他还没死。哈利和利高到达塔顶时，他还没有死。他死在哈利的怀里，可怜地紧紧拉着哈利，试图向杀他的凶手保证一切都会好起来。

"上帝保佑他的灵魂。"菲尔博士又补充了一句，慢慢地举起双手，罩住自己的眼睛。

有那么片刻，菲尔博士的喘息是房间里唯一的声响。窗外，几滴雨珠飞溅。

"女士们，先生们，"菲尔博士说道，把手从眼睛上移开，冷静地看向身边的同伴，"我现在告诉你们了。我本可以在昨晚看完手稿、听到费伊·西顿的说法后就提出来的，这是霍华德·布鲁克之死唯一可行的解释。

"剑鞘内侧的血迹说明剑刃一定被插回过鞘里，然后在被人发现之前再次抽了出来！那个鼓鼓囊囊的公文包！哈利消失的雨衣！护墙上缺失的岩石碎块！还有诡异的指纹问题！

"这个表面上的谜团根本不是什么谜——秘密就在于一个极其简单的事实：父子二人的雨衣看起来非常相近。

"我们不会把名字写在雨衣上。雨衣也没有区别性的色彩。它们的尺码种类很少，而且根据利高的描述，我们知道哈利·布鲁克的身材和他的父亲很像。尤其对于英国人来说，雨衣应当陈旧、低调，尽量不惹眼，这是一位男士的骄傲，甚至是出身和绅士风度的表现。等你们下次走进一家餐馆时，不妨观察一下挂在大衣钩上的那排湿乎乎的东西，这样你们就能理解了。

"我们的朋友利高做梦也没想到自己两次见到布鲁克先生时，对方穿着两件不同的外套。由于布鲁克先生实际上是穿着自己的雨衣故去的，所以没有人怀疑。没有人，除了费伊·西顿。"

利高教授站起来，在房间里来回迈着小碎步。"她知道？"他问。

"毫无疑问。"

"我在废塔门口遇到她的时候，她从我身边跑开了，她后来做了什么？"

"我可以告诉你。"芭芭拉平静地说。

利高教授一副烦躁的模样，做了几个手势，好像要让她别说话。"你吗，小姐？你怎么会知道呢？"

"我可以告诉你，"芭芭拉简单地回答，"因为换成我，我也会那么干。"芭芭拉的眼睛里闪烁着痛苦和同情的光芒，"请让我说下去！我几乎能看到那一幕！

"费伊去河里游泳了，就像她说的那样。她渴望清凉的感觉，她想让自己觉得干净。她真的爱上了哈利·布鲁克。在那种情况下，要说服自己是很容易的……"芭芭拉摇摇头，"说服自己过去的事已经过去了，而这将是一段新的生活。

"然后她就悄悄爬上塔楼，听到了一切。她听到了哈利是怎么说自己的。好像他本能地知道那是真的！好像全世界都能看到她，然后就知道那是真的。她看到哈利刺伤了自己的父亲，但她并不认为布鲁克先生受了重伤。

"费伊跳进河里，向塔楼漂去。那一侧没有任何目击证人，记得吗？接着——当然了！"芭芭拉轻呼，"费伊看见公文包从塔上掉落！"刚刚意识到这一点的芭芭拉激动地转向菲尔博士，"是这样吗？"

菲尔博士严肃地低下头。"这一点正是关键中的关键。"

"她潜下水，拿到了公文包。她拿着包爬上河沿，把公文包藏在树林里。当然，费伊还不知道出了什么事，她是后来才明白的。"芭芭拉犹豫了一下，"迈尔斯·哈蒙德在来这里的路上把费伊自己的说法告诉了我。我想她始终没意识到发生了什么，直到……"

"直到，"迈尔斯带着强烈的苦涩补充道，"直到哈利·布鲁克冲到她跟前，流露出虚伪的震惊，大声喊道，'我的上帝，费伊，有人杀了爸爸'。难怪费伊对我讲述时，流露出一丝愤世嫉俗的意味！"

"等一下！"利高教授打断了迈尔斯。

利高教授总给人一种在上蹿下跳的感觉，尽管实际上他没有动，只是夸张地举起了食指。

"在这种愤世嫉俗的态度中，"他说，"我看出了深意。置人

212

死地的深意，没错！这个女人，"他摇摇食指，"这个女人现在掌握着可以把哈利·布鲁克送上断头台的证据！"他看向菲尔博士，"对吗？"

"没错，"菲尔博士表示同意，"你也说到重点了。"

"公文包里是用来增重的石头，"利高涨红了脸，继续说道，"还有哈利的雨衣，内侧沾满了他父亲的血迹。这能说服任何一位法官。这能将真相展露无遗。"他停顿了片刻，考虑着什么，"但费伊·西顿并没有使用这些证据。"

"这是理所当然的。"芭芭拉说。

"为何这么说，小姐？"

"你还不明白吗？"芭芭拉反问道，"因为她已经进入了一种厌倦、苦涩的状态，她几乎已能笑出声来了。这件事不能再对她产生任何影响了。她甚至没兴趣揭露哈利·布鲁克的真面目。

"她是个业余的娼妓！而他，是个玩票的杀人犯、伪君子！让我们宽容彼此的缺点，在这个一切都不会变好的世界里各走自己的路吧。我——我这么说虽然很傻，不过面对那种情况，这就会是你的真实感受。

"我认为，"芭芭拉说，"她跟哈利·布鲁克谈过。我认为她告诉哈利她是不会揭发他的，除非她被警察逮捕了。但是，为预防警察真的逮捕她，她要把公文包和里面的东西藏在一个没人能找到的地方。

"她确实把公文包保管得很好！就是这样！她保管了整整六年！她把公文包带回了英国。她总是把公文包放在随时能接触到的地方，但她从来没想去碰它，直到……直到……"

芭芭拉的声音变小了。她的眼中突然流露出一丝惊恐，好像在怀疑自己是否太沉浸于自己的想象了。而菲尔博士则睁大眼睛，呼哧呼哧，兴趣十足，前倾着身子，一脸期待。

"直到什么？"菲尔博士催促道，隆隆的声音就像地铁隧道里的风，"老天！你推测得好极了！别停在那儿！费伊·西顿从来没想去碰公文包，直到什么？"

但迈尔斯·哈蒙德几乎没有听到这些。纯粹的仇恨涌上他的喉咙，令他窒息。"那么哈利·布鲁克，"迈尔斯说，"还是逍遥法外了？"

芭芭拉的注意力从菲尔博士身上移开。"你是什么意思？"

"他父亲保护了他，"迈尔斯激烈地做了个手势，"即便哈利有脸俯身对着奄奄一息的老人大声问，'爸爸，是谁干的？'现在我们知道，连费伊·西顿都在保护他。"

"冷静点儿，我的孩子！冷静！"

"这世界上的哈利·布鲁克们，总是能逃脱惩罚。"迈尔斯说道，"不管是因为运气、境遇，或者是某种与生俱来的天赋，我懒得去猜。那家伙应该上断头台，或者在魔鬼岛上度过余生。但恰恰相反，遭遇不幸的是费伊·西顿，一个从未伤害过任何人的女孩……"他的声音提高了，"天哪，真希望我能在六年前遇见哈利·布鲁克！哪怕献出我的灵魂，我也要跟他算算这笔账！"

"这并不难，"菲尔博士说，"你现在还想跟他算账吗？"

一声惊雷炸开，破碎的回声在屋顶上滚动，把噪声扔进房间。雨点打在菲尔博士身旁，他就坐在窗边，手里拿着未点燃的烟斗，脸色不再那么红润了。

菲尔博士提高了嗓门。"你在外面吗，哈德利？"他喊道。

芭芭拉从门口跳开，她凝视着那里，摸索着回到床边站着。利高教授用法语咒骂了一句，那是在上流社会中不常听到的法语。

214

然后一切似乎都在瞬间发生了。

夹着雨点的微风吹进窗户，悬吊的灯泡在五斗橱上摇晃，沉重的脚步落在通往过道的紧闭房门外。门把手只扭动了一下，却十分激烈，仿佛好几只手在抢夺它。然后门"砰"的一声开了，打到墙上。三个人扭在一起，同时试图稳住脚步，像摔跤队一般向前跟跄，撞到铁皮箱子时险些翻倒。

一侧是警长哈德利，想要抓住什么人的手腕。另一侧是位穿制服的警官。中间的那人则是……

"利高教授，"菲尔博士清楚地说道，"你能为我们指认一下那家伙吗？中间那个人？"

迈尔斯·哈蒙德看向那人瞪大的眼睛、紧抿的嘴角，扭动的双腿凶狠地踢向抓住他的人。接话的是迈尔斯。"指认他？"

"对。"菲尔博士答道。

"听着，"迈尔斯喊道，"这是在搞什么？那是史蒂夫·柯蒂斯，我妹妹的未婚夫！你们想干什么？"

"我们正在努力确认此人的身份，"菲尔博士厉声说道，"我认为我们已经做到了。这个自称史蒂夫·柯蒂斯的人就是哈利·布鲁克。"

第二十章

贝尔特林餐厅是伦敦西区为数不多的星期天可以用餐的地方之一，领班侍者弗雷德里克总是很乐意为菲尔博士效劳，即便后者临时想预订一间包厢。

但弗雷德里克见到菲尔博士的三位客人时，神情僵住了：利高教授、哈蒙德先生和一头金发、身材娇小的莫雷尔小姐，也就是两晚前出现在贝尔特林餐厅的那三个人。

客人们似乎也不太高兴，尤其是弗雷德里克非常圆滑地把他们领进了之前那个包间——谋杀俱乐部专用的套间。他注意到几位的神情，似乎更像是出于必须吃晚餐的责任感，而不是对菜品的欣赏。

之后，当他们用餐完毕围坐在桌边时，表情愈加奇怪，不过弗雷德里克没看到。

"我现在该吃药了，"利高教授呻吟道，"你们继续。"

"是的，"迈尔斯说，并不看向菲尔博士，"该继续了。"

芭芭拉一言不发。

"我说！"菲尔博士抗议道，做了一个夸张而模糊的手势，把烟斗里的灰洒到了背心上，"你难道不愿意等到……"

"不等了。"迈尔斯说，盯着一个盐罐。

"那我要请你把思绪送回灰林小筑，"菲尔博士说道，"那时我和利高正在执行一趟浪漫的使命，赶去提醒你有关吸血鬼的事。"

"我还想参观一下查尔斯·哈蒙德爵士的图书馆。"利高有点内疚地说，"但我在灰林小筑停留了那么久，唯一没有看到的房间就是图书馆。世事大抵如此。"

菲尔博士看向迈尔斯。"你、利高和我，"他继续说道，"当时在起居室里，你把费伊·西顿对布鲁克谋杀案的说法转述给我听。

"我认定哈利·布鲁克就是凶手。但他的动机呢？在这一点上我有了一种猜测，根据就是你问费伊·西顿到底有没有嫁给哈利时，她发出了歇斯底里的笑声。我推测那些匿名信和诽谤性的谣言，都是那位令人厌恶的哈利自己捏造出来的。

"但是请注意！我从来没有想过那些谣言可能是真的，直到今天傍晚费伊·西顿在医院亲口告诉我。这使许多模糊的东西一下子变得清晰起来，它补完了整个模式，但我之前从来没想到。

"我看到的只是一个无辜的女人被一个假装爱上她的男人耍了。假设在谋杀案发生当天下午，霍华德·布鲁克从哈利写的那封神秘信件中发现了这一切？在这一假设下，我们必须找到同样神秘的通信者，吉姆·莫雷尔。

"这一假设可以解释哈利为什么要杀他的父亲。这也能说明费伊在一切事上都是无辜的，除了——出于她自己的某种原因——她把掉进河里的公文包藏了起来，并且从来没有揭发过哈利。无论如何，吸血鬼的指控都是无稽之谈。正当我打算把这一假设告诉你们时……

"我们听到了楼上的枪声。我们发现了令妹的遭遇。

"当时我一下子懵了。

"然而！现在请让我把掌握到的信息汇总起来，包括我亲眼看到的情况，你告诉我的一些情况，还有在我离开灰林小筑之前，令妹玛丽安苏醒后告诉我的一些情况。让我来告诉你，整出把戏是如何在你眼皮底下完成的。

"星期六下午四点，你在滑铁卢车站与令妹及'史蒂夫·柯蒂斯'见面。在车站的茶室里，你宣布你已经聘请费伊·西顿去灰林小筑了，对吗？你这番话就像扔出了一枚手榴弹，当然，你当时并不知道。"

"史蒂夫！史蒂夫·柯蒂斯！"那张面孔仿佛一直出现在面前的烛焰之中，迈尔斯坚定地将之从脑海中抹去。

"没错，"迈尔斯表示同意，"你说得没错。"

"'史蒂夫·柯蒂斯'听到这一新闻后有什么反应？"

"以现在的事后之明来看，"迈尔斯冷冷地说，"他非常不喜欢这一安排，而且宣布当晚不能同我们一起回灰林小筑。"

"你事先知道他当晚不能和你们一起回灰林小筑吗？"

"不知道！回想起来，玛丽安当时和我一样惊讶。'史蒂夫'开始匆忙说起办公室里突然发生的什么危机。"

"你提起过利高教授的名字吗？'柯蒂斯'当时知道你已经见过利高了吗？"

迈尔斯单手扶额，在脑中重建当时的情景。一片模糊的色彩锐化成丑陋的场面，他看见"史蒂夫"摆弄着烟斗，"史蒂夫"戴上帽子，"史蒂夫"有些颤抖地笑着。

"我没提过！"迈尔斯回答，"现在回想，他甚至不知道我去了谋杀俱乐部的聚会，也不知道谋杀俱乐部是什么。我确实提到过一位'教授'，但我发誓我从来没有说出过利高的名字。"

菲尔博士身子前倾，面色红润，仁慈得叫人害怕。

"费伊·西顿仍然掌握着可以把哈利·布鲁克送上断头台的证据。"菲尔博士轻声说，"但是，如果费伊·西顿被处理掉了，显然就没有人能把'史蒂夫·柯蒂斯'和哈利·布鲁克联系起来了。"

迈尔斯开始把椅子往后推。"全能的上帝！"他惊呼，"你是说……"

"小点儿声！"菲尔博士提醒道，做了一个催眠般的挥手动作，然后眼镜又歪了，"就是此处，我需要你唤醒此处的记忆。在那次谈话中，也就是令妹以及所谓的柯蒂斯都在场时，你们有没有提起过关于房间的事？"

"关于房间的事？"

"关于卧室的分配！"菲尔博士追问道，仿佛一头埋伏着的怪兽，"关于卧室，嗯？"

"哦，是的。玛丽安说打算把费伊安排在她的卧室里，然后自己搬到楼下一间更好的卧室里。那个房间我们刚刚重新装修过。"

"啊！"菲尔博士连连点头，"我记得确实听到过你在灰林小筑谈论卧室的情况。所以令妹想把费伊·西顿安顿在她自己的卧室里！没错！但她最终并没有这样做？"

"没有。那天晚上她的确想这么安排，但费伊拒绝了。费伊喜欢一楼的房间，因为她的心脏不好，住在一楼不用爬那么多楼梯。"

菲尔博士拿着烟斗指了指。

"但是让我们假设，"他建议道，"你相信费伊·西顿就在二楼走廊尽头的卧室里。假设，为了确保这一点，你一直在观察这栋房子。你藏身在房子后面的树林边缘中。你抬头看着那一排没有窗帘遮蔽的窗户。在午夜之前的某个时刻，你会看到什么？

"你会看见费伊·西顿——穿着睡袍和夹袄——在那些窗户前慢慢地来回走动。

"你根本看不见玛丽安·哈蒙德。玛丽安坐在房间另一侧的椅子上，靠近床头柜。从东边的窗户也看不见她，因为东边的窗户拉着窗帘。但是可以看见费伊·西顿。

"我们进一步假设，在夜半的漆黑时刻，你爬进那间黑暗的卧室，打算来一次精妙的谋杀。你要杀了睡在那张床上的人。而且，当你走近时，你闻到一股淡淡的香水味；那种独特的香气总是与费伊·西顿联系在一起。

"当然，你不可能知道费伊送了一小瓶这种香水给玛丽安·哈蒙德。香水瓶现在还放在床头柜上。但你当时不可能知道。你只能嗅出那种香水的气味。你心里还会有什么疑问吗？"

自从菲尔博士提出假设的第一句起，迈尔斯就仿佛看到了那个画面。而此刻，那个身影似乎要向他冲过来。

"没错！"菲尔博士强调道，"哈利·布鲁克，化名史蒂夫·柯蒂斯，策划了一场巧妙的谋杀。但他搞错了谋杀的对象。"

一阵沉默。

"然而！"菲尔博士胳膊一扫，一只咖啡杯从小餐厅里飞过，但没人注意到，"然而！我又一次沉溺于预想证据的可悲习惯。

"我承认，昨晚我被难住了。关于布鲁克一案，我相信那是哈利干的。我相信费伊·西顿后来拿到了那只装着该死雨衣的公文包，而且现在还留着。事实上，我用一个关于潜泳的问题向她暗示了我的推理。可是，似乎没有什么能解释玛丽安·哈蒙德遭受的神秘袭击。

"即使是第二天上午发生的那件事，也不能使我完全擦亮眼睛。那是我第一次看到'史蒂夫·柯蒂斯先生'。

"他一副刚从伦敦回来的模样，神采奕奕。他走进起居室，"菲尔博士又认真地看向迈尔斯，"而你正在和莫雷尔小姐通电话。你还记得吗？"

"记得。"迈尔斯回应。

"我记得那通电话，"芭芭拉说，"可是……"

"至于我，"菲尔博士低沉地说，"我就在他后面，端着放茶水的托盘。"菲尔博士全神贯注地皱起了眉头，"你对莫雷尔小姐说的话，在'史蒂夫·柯蒂斯'听来，应该是这样的：

"'昨晚这里发生了一件非常糟糕的事。我妹妹的卧室里出事了，似乎超出了人类的想象。'你说到下一句的开头时，'史蒂夫·柯蒂斯'走了进来，打断了你。

"你立刻站起来，安慰他，叫他不必担心。你说，'已经没事了！玛丽安已经挺过来了，她会好起来的'。你还记得这些吗？"

迈尔斯似乎能清楚地看到"史蒂夫"站在那里，穿着整洁的灰色外套，胳膊上挽着一把卷起的雨伞。他又一次看到"史蒂夫"脸上的血色慢慢消失。

"我看不见他的脸，"菲尔博士似乎不可思议地回应了迈尔斯的思绪，"但我听到那位先生说'玛丽安？'时，声音提高了好几个八度，我绝不夸张。

"先生，我告诉你：如果我的头脑在上午运转得更好的话（事实并非如此），只消一个词语就能让罪犯泄露全部真相。'柯蒂斯'震惊得就像遭了雷劈。为何会这样？他刚刚听见你说令妹的房间里发生了很糟糕的事。

"假如我回到家中，听到有人在电话里说，我妻子的房间里发生了非常糟糕的事，我不是应该很自然地认为出事的就是我妻子吗？当我听到受害者是我的妻子，而不是七大姑八大姨时，我怎么会吃惊到那种程度呢？

"这一点出卖了他。

"不幸的是，我当时没能看出来。

"可是你还记得他马上做了什么吗？他故意举起雨伞，冷酷地把它砸在桌子边缘。'史蒂夫·柯蒂斯'应该是——他假装成——一个隐忍内向的人。但那一瞬间，会疯狂击打网球的哈利·布鲁克显露了出来。那是受挫的哈利·布鲁克。"

迈尔斯·哈蒙德凝视着记忆中的画面。"史蒂夫"风度翩翩的面孔：那是哈利·布鲁克的面孔。金色的头发：那是哈利·布鲁克的金发。迈尔斯暗忖，利高教授曾说，哈利·布鲁克的头发会因情绪问题而过早变白，但事实并非如此，哈利已经脱发了。不知何故，一想到哈利·布鲁克几乎是个秃子，迈尔斯不禁感到有些可笑。

也正因此，人们会觉得他的年纪要更大一些，当然，"史蒂夫"可能只有三十六七岁。但他们从没听他说起过自己的年龄。

"他们"指的是迈尔斯自己和玛丽安……

菲尔博士的话语把迈尔斯从思绪中唤醒。

"这位先生看到自己计划落空了。"菲尔博士继续严肃地说道，"费伊·西顿还活着，她就在那栋房子里。然后，你无意中给了他另一重同样严重的打击。你告诉他利高教授——另一个知道他就是哈利·布鲁克的人——也在灰林小筑，而且就睡在楼上'柯蒂斯'自己的房间里。

"当时他转过身去，走到书架前遮挡自己的面孔，你不觉得奇怪吗？

"从那时起，他所走的每一步前都潜伏着灾难。他试图杀死费伊·西顿，结果险些杀了玛丽安·哈蒙德。计划失败之后……"

"菲尔博士！"芭芭拉轻声呼唤。

"嗯？"菲尔博士低沉地回应，从朦胧的沉思中醒来，"哦，莫雷尔小姐！什么事？"

"我知道我是个局外人。"芭芭拉用手指抚摸桌布边缘，"此事与我并没有什么真正的关系，我只是想提供帮助，却又帮不上什么忙。但是，"那双灰色眸子扬起，满是恳求的神色，"但是求求你，求求你，在可怜的迈尔斯发疯之前，也许在我们其他人也发疯之前，请告诉我们，这个人到底做了什么，能使玛丽安害怕到那种程度？"

"噢！"菲尔博士应道。

"哈利·布鲁克是一条毒虫，"芭芭拉说，"但他并不聪明。他是怎么构想出你所谓的'精妙'谋杀的？"

"小姐，"利高教授的神情就像拿破仑在圣赫勒拿时那样阴郁，"他是从我这儿学到的。而我，是从卡廖斯特罗伯爵的逸事中了解到的。"

"当然！"芭芭拉叹道。

"小姐，"利高教授激动地用手掌拍打桌子，"请你不要在错误的语境中说'当然'好吗？请解释一下，"他拍得越发起劲了，"你说'当然'是想表达什么意思！"

"对不起。"芭芭拉无助地环顾四周，"我的意思是，你告诉我们，你一直在给哈利·布鲁克讲授关于犯罪学和神秘学的知识……"

"可这件事里有什么神秘学的东西？"迈尔斯问，"菲尔博士，在你今天下午到这里之前，我们的朋友利高说了很多胡言乱语。他说，让玛丽安害怕的是她听到和感觉到的东西，而不是双眼看到的东西。但从表面上判断，这是不可能的。"

"为什么不可能？"菲尔博士问。

"因为她肯定看到了什么！毕竟，她确实朝什么东西开了一枪……"

"不，不，她没有！"菲尔博士厉声说。

迈尔斯和芭芭拉面面相觑。

"但是，"迈尔斯坚持说，"当时我们确实听到那个房间里有人开枪了。"

"哦，这倒是没错。"

"那么，那枪是朝谁开的呢？朝玛丽安？"

"不是。"菲尔博士答道。

芭芭拉把一只手轻轻搭在迈尔斯胳膊上，安抚着他。"我们让菲尔博士按照自己的思路来讲述吧，也许这样更好。"她建议道。

"对。"博士赶紧接口，他看向迈尔斯，"我想……嗯，我也许有点让你们糊涂了。"他用真诚而焦虑的口吻说道。

"确实，虽然这么承认有点奇怪。"

"但我并不是有意迷惑你们。你看，我早该意识到令妹是不可能开那枪的。她当时处在放松状态。她的整个躯体，就像在所有休克的病例中一样，完全是无力且没有反应的。然而，当我们第一次见到她时，她的手指紧紧抓住了左轮手枪的手柄。

"这才是不可能的。如果她在倒下之前开了一枪，那么沉甸甸的左轮手枪就会从她手中松脱。先生，这意味着她的手指是被人小心翼翼地绕在枪柄周围的，而且稍微偏离了一点方向，好误导我们所有人。

"但直到那天下午，我才想通这一切，那时我正心不在焉地思考卡廖斯特罗的一生。我发现自己对他奇幻生涯中发生的各种事件都略有了解。我记得他加入了一个秘密社团，举办入会仪式的那间小屋就在杰拉德街的国王脑袋酒馆。

"坦白说，我自己对各种秘密社团很感兴趣。但我必须指出，十八世纪的入会仪式可不像今天在切尔滕纳姆开茶会。加入秘密社团向来是件叫人神经紧张的事，有时甚至很危险。当大人物发布生死状时，新加入者完全不确定这到底是不是认真的。

"所以让我们来回顾一下！

"卡廖斯特罗蒙着眼跪在地上，他已经紧张了好一会儿了。最后，他们告诉他，他必须证明自己对社团的忠诚，即使这意味着他的死亡。他们把一支手枪塞进他的手里，说那是上了膛的。他们要求他把手枪对准自己的脑袋，然后扣动扳机。

"此刻，新入会者确信这只是一场唬人的骗局——不管是谁都会这么想。他确信枪里没有子弹。但就在那延伸到永恒的一秒之间，他扣动扳机……

"卡廖斯特罗扣下扳机。他听到的不是咔嗒轻响，而是惊雷炸裂的动静，他感受到枪口的闪光和子弹出膛的震撼。

"当然了，他手里的枪确实没装子弹。但是，就在他扣动扳机的一瞬间，另一个人在他耳边拿着另一支手枪，朝向别处扎扎实实开了一枪。他永远不会忘记那一刻——他感觉到，或者认为自己感觉到子弹射进了自己的脑袋。

"把这个点子用来搞谋杀怎么样？谋杀一个心脏虚弱的女人？

"你半夜爬进目标的卧室。在受害者哭喊出来之前，你用一些柔软的材料堵住她的嘴，之后不会留下任何痕迹。你用冰冷的枪口抵住她的太阳穴，一把没上膛的手枪。在之后的几分钟里，子夜时分那恐怖而漫长的几分钟里，你对她不断耳语。

"你说你要杀了她。你用低语向她描绘她的死亡。而她并没看到还有第二支装有子弹的手枪。

"在适当的时候（按照你自己的计划），你会在她的头部附近开一枪，但不能离得太近，因为膨胀的气体会在她身上留下火药粉末的痕迹。接着，你会把左轮手枪塞到她手中。她死后，人们会认为她是向某个假想出来的窃贼、入侵者或鬼魂开的枪，但事实上根本没有其他人在场。

"你就这样不断低语，在黑暗中让恐惧翻倍。你说，时机已经到了。你慢慢按下空枪的扳机，把撞针拉回来。她听到撞针向后移动的油腻噪声……慢慢地，慢慢地……撞针吱吱地退得更远了，达到了敲击之前的最远处，然后……"

砰！

菲尔博士把手猛地拍在桌子上。那只是手掌拍打木头的声音，然而他的三位听众都跳了起来，仿佛看到了闪光，听到了枪声。

芭芭拉脸色煞白，站起身从桌边往后退。烛火也仍然在摇曳跳跃。

"喂！"迈尔斯报怨道，"真是见鬼！"

"我——嗯——请各位原谅，"菲尔博士做了个表示内疚的手势，又推了推鼻子上的眼镜，"并不是有意要让任何人感到不安，但我必须让各位明白这个诡计的可怕之处。

"对心脏虚弱的女性来说，这个伎俩是必然致命的。原谅我，我亲爱的哈蒙德，但你也看到了，在令妹那样健康的女士身上发生了什么。

"让我们面对事实，如今大家的神经都绷得很紧，尤其是在遭受过空袭的地方。你曾说令妹不喜欢闪电战和复仇兵器，那是唯一可能叫她害怕的东西，看来确实如此。

"还有，先生！如果你在为令妹担心，为她的遭遇感到难过，如果你不敢想象她听到这一切后会有什么反应，你就问问自己——假如她真的嫁给了'史蒂夫·柯蒂斯'，那将是什么样的引狼入室的行为。"

"是的。"迈尔斯应道，把胳膊肘支在桌子上，双手托住太阳穴，"是的。我明白了。你继续说吧。"

"呼——那就好！"博士叹道。

"今天下午早些时候，我想清楚这个把戏之后，"他接着说，"整个计划立刻就一目了然了。为什么会有人那样攻击玛丽安·哈蒙德？

"我还记得当你宣布玛丽安受到惊吓时，'柯蒂斯先生'的有趣反应。我记得你对卧室安排的评论。我想起了一位女士的身影，她穿着睡袍，裹着夹袄，在没拉窗帘的窗户前走来走去。我想起了那个香水瓶。答案是没有人想攻击玛丽安·哈蒙德，目标受害者是费伊·西顿。

"可如果是这样的话……

"首先，你也许还记得，我上楼去了令妹的卧室。我想看看闯入者是否留下了任何痕迹。

"当然没有任何暴力痕迹。凶手甚至不需要绑住他的受害者。在最初的几分钟之后，他甚至不需要扶着她。他可以用两只手分别来拿两支左轮手枪——一支空的，一支上了膛的——因为抵着太阳穴的枪口已经足够有威慑力了。

"他不得不用东西堵住她的嘴，那材料有可能在她的牙齿或脖子上留下痕迹。但实际上并没有，床周围的地板上也没有留下任何痕迹。

"在那间卧室里，我再次苦恼地研究起'史蒂夫·柯蒂斯先生'。为什么'史蒂夫·柯蒂斯'会有兴趣用卡廖斯特罗曾遭遇过的诡计来谋杀费伊·西顿这样一个对他来说完全陌生的人呢？

"我由卡廖斯特罗联想到了利高教授。又由利高教授联想到了哈利·布鲁克，他们曾有一段师徒关系……

"上帝啊！酒神啊！

"'史蒂夫·柯蒂斯'会不会就是哈利·布鲁克呢？

"不，纯属胡思乱想！哈利·布鲁克已经死了。快打住吧！

"与此同时，当我徒劳地在地毯上寻找凶手留下的痕迹时，一部分心不在焉的意识仍在工作。我突然想到自己忽略了从前一晚起就一直存在于我眼皮底下的证据。

"有人在这里开了一枪，凶手用的是那把点三二的艾夫斯-格兰特。此人一定知道玛丽安·哈蒙德平时把枪放在床头柜里（又是'柯蒂斯'），而那把空枪是他随身带来的任何一件旧武器。很好！

"枪响后不久，费伊·西顿小姐溜到了这间卧室门口窥视，她看到了一件令她心烦意乱的事。她并不是害怕，请注意。不！那应该是……"

迈尔斯·哈蒙德插话了。"有些情况我是不是该告诉你呢，菲尔博士？"他建议道，"我在厨房里烧开水时和费伊谈过几句。当时她刚从卧室门口离开。她的表情是憎恨。憎恨，夹杂着一种狂野的痛苦。谈话结束时，她突然说了一句'不能再这样下去了'。"

菲尔博士点点头，问道："我现在知道了，她是不是还告诉你，她刚才看到了一些以前没注意到的东西？"

"没错。她就是这么说的。"

"那么，她在玛丽安·哈蒙德的卧室里看到的会是什么呢？这就是我在那间卧室里问自己的。当时屋里有你、加维斯医生、护士和'史蒂夫·柯蒂斯'。

"毕竟，费伊·西顿星期六晚上在那个房间里待了很长时间，和哈蒙德小姐聊天，显然她第一次进房间时并没有看到什么奇怪的东西。

"然后我想起了当晚我与她的那次诡异谈话。在走廊尽头的月光中，她心中像有一种压抑的情感在燃烧，脸上露出了一两次吸血鬼般的微笑。我还记得当我问起她与玛丽安·哈蒙德聊天的情况时，她的回答颇为古怪。

"费伊·西顿说'大部分时间都是玛丽安在说话，谈论她的未婚夫和兄长以及她对未来的计划'。接着，费伊没来由地说了几句无关紧要的话：'提灯就放在床头柜上，我告诉你了吗？'

"提灯？这句莫名其妙的话当时让我很恼火。但现在想来……

"在发现玛丽安·哈蒙德休克之后，有两盏提灯被带进了那个房间。一盏是利高教授提进去的，而另一盏是迈尔斯提进去的。现在好好想想，你们两位！你们当时把提灯放在哪儿了？"

"我不明白你要说什么！"利高叫道，"我当然是把提灯放在床头柜上了，旁边就是已经熄灭的那盏。"

"你呢？"菲尔博士问迈尔斯。

"当时我刚听说玛丽安死了，"迈尔斯凝视着脑海中的回忆画面，"我的整条胳膊开始颤抖，再也举不住手里的提灯。我走到一旁，把灯放在——放在了五斗橱上。"

"哦！"菲尔博士喃喃地应道，"现在请告诉我，五斗橱上还有什么东西？"

"一个很大的皮革相框，里面有两张大照片，一张是玛丽安，另一张是'史蒂夫'。我记得那盏提灯把强光打在了相框上，尽管房间那一角之前很暗，而且——"

迈尔斯突然打住了。菲尔博士点点头。

"一张被强光照亮的'史蒂夫·柯蒂斯'的照片，"博士说道，"那就是费伊·西顿看到的。枪响后，她在卧室门口向内窥视，看到照片里的男人也看着自己。这充分解释了她后来的情绪。

"她知道了。天呐，她知道了！

"也许她根本猜不出卡廖斯特罗的诡计是怎么回事，但她确实知道那是针对她的，而不是针对玛丽安的。因为她清楚是谁躲在幕后。玛丽安·哈蒙德的未婚夫就是哈利·布鲁克。

"就这样结束了。那就是最后一根稻草，使她心中充满了仇恨和痛苦。她本来已开始再次寻找新的生活、新的环境；她作风正派；她原谅了哈利·布鲁克，隐瞒了对他不利的关于他父亲被谋杀的证据——即便如此，宿命仍不停地追逐她。宿命，或者某种可恶的力量，把哈利·布鲁克从不知何处带了回来，要他夺走她的生命……"

菲尔博士咳嗽了一下。

"我说了这么多，几位应该听烦了。"他道歉，"不过当我在那间卧室里心不在焉地胡思乱想时，大概只花了三秒钟。当时屋里还有迈尔斯、医生、护士和'柯蒂斯'本人，他就站在五斗橱旁边。

"我进一步想到，若要确定我对卡廖斯特罗把戏的猜测是否正确，办法应该很简单。有一种科学检验，叫作冈萨雷斯检验法或者硝酸盐检验法。通过这种方法可以确定某只手是否开过枪。

"如果玛丽安·哈蒙德没有扣过扳机，我就可以写'证明完毕'了。而如果哈利·布鲁克确实死了，那么这起犯罪就只可能是恶灵干的了。

"当时我有些放肆地说起了这些，加维斯医生很恼火，他把我们都赶出了卧室，但随后立即引发了一些有趣的反应。

"我的第一个举动，当然是要把费伊·西顿小姐逼到无路可走，让她承认这一切。我当着'柯蒂斯'的面问加维斯医生，他是否愿意捎话请西顿小姐来见我。接着，'柯蒂斯'来了一出大爆发，甚至连你都被震惊了。

"突然他意识到自己在浪费时间，那个女孩随时都可能上楼来。他必须离开走廊。他说要回自己房间躺一会儿，然后——砰！你知道，如果整件事不是那么诡异而苦涩的话，我简直要笑出声来。'史蒂夫·柯蒂斯'刚摸到他卧室的门，你就大声叫他不要进去，因为利高教授——另一个也认识哈利·布鲁克的人——正睡在里面，千万别去打扰！

"老天，当然了！千万别把利高吵醒了！当'柯蒂斯'从后楼梯离开时，好像被魔鬼追赶一般，你没有再次感到奇怪吗？

"但我几乎没有时间去琢磨这些，因为加维斯医生带了一些消息回来，把我彻底吓坏了。费伊·西顿已经走了。她留下的字条，特别是那句'公文包也的确很实用，不是吗？'简直是谜底大揭露，或者更恰当地说，雨衣大揭露。

"我知道她打算干什么。我真是个大白痴，前一天晚上竟然没有意识到这一点。

"我告诉费伊·西顿，如果哈蒙德小姐康复，警察就不会管这件事，她当时露出了可怕的微笑，喃喃地说'与警察无关了吗？'费伊·西顿对此事既烦倦又厌恶，随时都会爆发。

"她在伦敦城的房间里有证据，仍然可以把哈利·布鲁克送上断头台。她当然是要来取证据，带着它回灰林小筑，把东西扔到我们面前，然后要求逮捕凶手。

"那么——诸位请注意！

"'史蒂夫·柯蒂斯'已经陷入了绝望的境地。但他只要动动脑子，就会发现自己还有一线生机。他摸黑进入那个房间，玩那出卡廖斯特罗把戏时，玛丽安并没有看见他，除了低声耳语，她也没有听到任何说话声。她绝对不会想到袭击者竟是自己的未婚夫（后来我们和她交谈时，她也没有意识到）。没有任何其他人见到他，他从后门溜进房子，走后楼梯到二楼，进了卧室，开枪之后又溜下来，在你们其他人到达之前逃之夭夭。

"可是如果费伊·西顿独自返回那片荒凉的森林之中，手里还拿着铁证呢？

"我亲爱的哈蒙德，我那么着急地派你去追赶她，并嘱咐你必须和她待在一起，就是出于这点考虑。可后来一切都乱套了。"

"嘿！"利高教授哼了一声，敲打着桌子吸引大家的注意。

"这个快活的老家伙，"利高继续说道，"冲进我正在酣睡的卧室，把我从床上拉下来，推到窗前，说'你看！'我向外望去，看见两个人正离开房子。'那是哈蒙德先生，'他说，'但是，快，快看，另一个男人是谁？''天哪，'我说，'那是哈利·布鲁克，要不就是我在做梦。'于是他立刻向电话冲去。"

菲尔博士咕哝了一声，解释道："当时哈蒙德曾大声朗读费伊·西顿留下的字条，声音洪亮，定然传到了后楼梯脚下那个癫狂的男人耳中。而且，"菲尔博士转向迈尔斯补充道，"他和你一起开车去火车站了，对吗？"

"没错。但他没上火车。"

"不，不，他也上去了。"菲尔博士说，"你跳上去之后，他也依样跳了上去。你始终没注意他，也没想到过他，因为你在疯狂地寻找另一位女士。当你在那列火车上找费伊·西顿时，他只要和许多男乘客一样把报纸举在眼前，你就永远不会瞥他第二眼。

"你也没找到费伊·西顿，这只能怪罪你过分紧张的心理状态。其中完全没有神秘之处。她的精神状态比你更不容易接受人群，她做了现在很多漂亮女人都会做的事——她坐进了列车警卫车厢，以避开人群。

"这是一段愚蠢的插曲，导致了最后一出悲剧。

"费伊带着茫然而歇斯底里的愤怒和绝望抵达了伦敦。她要结束这一切。她打算说出所有事情的真相。但后来，当哈德利警司真的来到她的住处，要求她说出一切时……"

"怎么了？"芭芭拉催促道。

"她发现自己还是做不到。"菲尔博士说。

"你是说她还爱着哈利·布鲁克？"

"不，"菲尔博士说，"那都是过眼云烟了。与哈利·布鲁克的恋爱只是出于一时的体面观念。她说不出口的真正原因是，不论她做什么，那邪恶的宿命都会纠缠她。你们看，哈利·布鲁克摇身一变，成了史蒂夫·柯蒂斯……"

利高教授挥挥手，插嘴道："这正是我搞不明白的地方。哈利·布鲁克是什么时候，又是怎么变成史蒂夫·柯蒂斯的？"

"先生，"菲尔博士回答说，"最令我的精神疲惫不堪的事就是为核实某人的身份而去翻找索引卡片。既然你已经确认那个人就是哈利·布鲁克，我就把剩下的工作交给哈德利了。但我相

233

信，"他看向迈尔斯，"你认识'柯蒂斯'不是很久吧？"

"只有几年时间。"

"据令妹说，他在战争初期就因病退伍了？"

"没错，在一九四〇年的夏天。"

"我的猜测是，"菲尔博士说，"战争爆发时，身在法国的哈利·布鲁克无法忍受始终笼罩在他身上的威胁。他被父亲的谋杀案折磨得精神崩溃。一想到费伊·西顿拿着证据，他就无法忍受……想想寒风嗖嗖的黎明，断头台就矗立在你面前。

"于是他决定像之前许多法外之徒所做的那样：抛弃过去，为自己创造一段新的人生。毕竟，德国人统治着法兰西，在他看来，那种统治将会永远继续下去，因此他无论如何都无法继承父亲的遗产。我猜，确实有个真正的史蒂夫·柯蒂斯死于敦刻尔克大撤退。而加入法国军队的哈利·布鲁克被派给这个英国人当翻译。我猜他趁乱拿走了史蒂夫·柯蒂斯的衣服和身份文件。

"回英国后，他就继承了这个身份。比起当年那个立志当画家的大男孩，他已经老了六岁，甚至十二岁，因为经历战争岁月的人老得更快。他的新身份已经变得相当稳固。他和一位继承了财富的姑娘安安稳稳地订婚了，虽然这个姑娘管着他，但他心里一直希望有人管束自己……"

"真奇怪，"迈尔斯喃喃地说，"玛丽安说过完全一样的话。"

"就在这样的情况下，费伊出现了，要毁掉他。你知道，那个可怜的家伙并不是真的想杀她。"菲尔博士对迈尔斯眨眨眼睛，"你还记得'史蒂夫·柯蒂斯'在滑铁卢车站的茶室里问过你什么吗？在他从第一次惊吓中恢复过来以后？"

"让我想想。"迈尔斯说，"他问我，费伊给图书编目需要多长时间。你是说？"

"如果像他想的那样，只花一个星期左右，他也许会找个借口不出现在她面前。但你说需要几个月，这就把他的路堵死了。于是他就做出了那样的决定。"菲尔博士打了个响指，"费伊会揭穿他的新身份，即便她并没谴责他是弑父凶手。接着，他想起了卡廖斯特罗的经历……"

"我必须为自己辩解一句，"利高教授激动地说，"没错，我确实曾经告诉他，心脏虚弱的人可能会被那样吓死。但把左轮手枪塞进受害者手里，这样就会让他人认为是她自己开的枪：我从来没有想出过这种细节。那是犯罪头脑的产物！"

"我很同意，"菲尔博士说，"而且我认为没人会效仿他。你创造了一场绝妙的谋杀，受害人似乎是看到了一个不存在的入侵者而把自己吓死了。"

利高教授依旧情绪激动。

"这不仅不是我的本意，"他说，"而且——我自己是痛恨犯罪的！——加上这个细节之后，我甚至看着它在我面前上演，却没认出原本的诡计。"他停了一下，从口袋里抽出手帕擦了擦额头，补充道，"哈利·布鲁克今天下午跟着费伊·西顿来伦敦时，他脑子里还有其他什么巧妙的计划吗？"

"没有，"菲尔博士说，"他只想杀了费伊·西顿，销毁所有的证据。一想到他可能在哈蒙德和莫雷尔小姐之前抵达博尔索弗巷，我就不寒而栗。'柯蒂斯'是跟着他们俩来的，你明白了吗？费伊·西顿坐在列车警卫车厢里，他也找不到她。所以他要是想找到费伊，就得跟着他们两个。

"这时哈德利警司来了。而'柯蒂斯'就在博尔索弗巷房间外面的过道里，什么都能听到，他一下子没了主意。他唯一的想法就是要在费伊崩溃并揭发他之前拿到那件雨衣——那件血迹斑斑的雨衣对他来说是个彻底的诅咒。

"他把外面过道保险丝盒里的总电闸拉断了。他拿着公文包在黑暗中逃走，然后包掉在了过道里，因为他只紧紧抓住了那件仍裹着很多沉重石块的雨衣。他径直跑出那栋房子，然后……"

"然后？"迈尔斯催促道。

"然后跟一位警察撞了满怀。"菲尔博士说，"你们可能还记得，哈德利甚至都懒得追赶他？警司只是打开窗户，吹响了警笛。为防发生类似的事，我们通电话时已经做好了安排。

"哈利·布鲁克，化名史蒂夫·柯蒂斯，一直被关在卡姆登高街警察局，直到我和利高从汉普郡回来。然后他被带到博尔索弗巷，由利高正式指认。我告诉过你，我亲爱的哈蒙德，哈德利的任务对你们三人中的一个来说是不愉快的——我指的是你。接下来，我还有最后一句话要说。"

菲尔博士靠回椅背上。他拿起熄灭的海泡石烟斗，又把它放下。他鼓起了脸颊，像是要做什么极不舒服的事。

"先生，"他用一种雷鸣般低沉的声音说，"我认为你不必过分担心令妹玛丽安。虽然听起来很没风度，但我要告诉你，令妹像钉子一样坚韧。失去史蒂夫·柯蒂斯对她的伤害微乎其微。但费伊·西顿可是另一回事。"

小餐厅里一片寂静。他们能听到窗外的雨声。

"我已经把她的全部故事都讲给你听了，"菲尔博士接着说，"或者说几乎全部。我不应该再说了，因为她的事与我并无关系。但是，过去的六年对她来说不可能是一段轻松的时光。

"她被人赶出了沙特尔。甚至在巴黎，人们也驱赶她，威胁要以谋杀罪逮捕她。她不愿意向哈德利出示她在法国时的身份证件，我怀疑她曾不得不在街头谋生。

"然而，这个女孩天性中有一种品质——称之为慷慨也好，宿命感也罢，随便你怎么说——即使到了最后，她都不愿谴责一个曾经是她朋友的人。她觉得自己被邪恶的命运攫住了，永远无法脱身。她最多只能再活几个月。她现在躺在医院里，虚弱，沮丧，全无希望。你怎么看这种情况？"

迈尔斯站起身来。"我要去找她。"他说。

芭芭拉·莫雷尔向后推椅子，地毯上传来一阵尖锐的刮擦声。她杏眼圆睁。"迈尔斯，别傻了！"

"我要去找她。"

然后一切都倾泻出来。

"听着，"芭芭拉双手放在桌子上，声音平静，但语速很快，"你并没有爱上她。你对我说起帕梅拉·霍伊特和你做的梦，那时我就知道了。她和帕梅拉·霍伊特一样不真实，是旧书中落满尘埃的一个影像，一个你在自己脑海中创造的梦。

"听着，迈尔斯！你被头脑中的魔咒控制住了。你从来都是一个理想主义者。不管你脑子里有什么疯狂的计划，在她过世之前都只能以灾难告终。迈尔斯，看在老天的分儿上！"

他走到放着帽子的椅子旁。

芭芭拉·莫雷尔——她诚恳而富有同情心，和玛丽安一样为他着想、直言不讳——把音调又提高了一些。

"迈尔斯，这太傻了！想想她现在的处境！"

"我一点儿也不在乎她现在的处境，"他说，"我要去找她。"

迈尔斯·哈蒙德再次冲出贝尔特林餐厅的那个小包间，匆忙走下私人楼梯，奔入雨中。

图书在版编目（CIP）数据

耳语之人 ／（美）约翰·迪克森·卡尔著；由美译 . —— 北京：新星出版社，2021.10
ISBN 978-7-5133-4593-4

Ⅰ．①耳… Ⅱ．①约… ②由… Ⅲ．①推理小说－美国－现代 Ⅳ．① I712.45

中国版本图书馆 CIP 数据核字（2021）第 166172 号

午夜文库
谢刚 主持

耳语之人

[美] 约翰·迪克森·卡尔 著；由美 译

责任编辑：曹晓雅
责任校对：刘　义
责任印制：李珊珊
装帧设计：broussaille私制

出版发行 新星出版社
出 版 人：马汝军
社　　址：北京市西城区车公庄大街丙3号楼　　　100044
网　　址：www.newstarpress.com
电　　话：010-88310888
传　　真：010-65270449
法律顾问：北京市岳成律师事务所

读者服务：010-88310811　　　service@newstarpress.com
邮购地址：北京市西城区车公庄大街丙 3 号楼　　　100044

印　　刷：北京美图印务有限公司
开　　本：910mm×1230mm　　　1/32
印　　张：7.75
字　　数：166千字
版　　次：2021年10月第一版　　　2021年10月第一次印刷
书　　号：ISBN 978-7-5133-4593-4
定　　价：52.00元